Karlheinz Lappler

DER TOD WARTET AM RIALTO

FSC
www.fsc.org
MIX
Papier aus ver-
antwortungsvollen
Quellen
Paper from
responsible sources
FSC® C105338

© 2021 Karlheinz Lappler
Herstellung und Verlag: BoD – Books on Demand, Norderstedt
ISBN: 978-3-7526-2411-3

Die Teilnehmer an der Silvesterparty bei Alfred und Brigitte Bergmüller blickten gespannt auf die Uhr, die auf der Mattscheibe des Fernsehgerätes, das Alfred kurz zuvor auf Bitten von Brigitte eingeschaltet hatte, eingeblendet wurde. Der Sekundenzeiger rückte unaufhaltsam vor. Die vorher lebhaft geführten Gespräche verstummten. Die Geräusche, die von draußen in das Wohnzimmer der Bergmüllers hereindrangen, die schon den ganzen Abend immer wieder die Ruhe der Nacht mit Lärm erfüllt hatten, nahmen nun schlagartig zu.

»Prosit Neujahr!« – erste schwere Böller, Zischen von Raketen über dem Nachthimmel. Die Zeiger der Uhr auf dem Bildschirm zeigten Mitternacht und gleichzeitig die erste Stunde des neuen Jahres an, Glockengeläute, das aus den Fernsehlautsprechern kommt, setzte ein. Alle erhoben sich und stießen mit den Sektkelchen an.

»Na, hoffentlich wird es erfolgreicher als das alte. Es könnte ruhig wieder aufwärts gehen.«

»Du hast doch nur dein Geschäft im Kopf, sogar heute an Silvester!«, bemerkte Alfreds Ehefrau Brigitte.

»Das Neue bringt immer etwas, so oder so«, philosophierte Christian.

»Nun kommt doch mit hinaus auf die Terrasse, sie schießen ja schon«, drängte Eva und packte ihren neuen Freund Felix – sie kannten sich erst seit wenigen Wochen – am Arm und zog ihn, so dass er fast sein noch volles Sektglas ausschüttete, zur Terrassentüre und hinaus, wo sich der Nachthimmel durch die Leuchtspuren der abgeschossenen Feuerwerkskörper erhellte. Christian und Dagmar waren, nachdem sie noch rasch ihre Gläser auf dem Sideboard abgesetzt hatten, den anderen nachgegangen.

Brigitte hatte wie immer alles perfekt vorbereitet, das Essen, die Tischdekoration. Wie immer wurde sie von niemand dafür besonders gelobt. Es wurde wie selbstverständlich nicht anders von ihr erwartet. Sie war es auch, die wollte, dass alle bei Alfred und ihr feierten, und die anderen waren darüber froh. Zumindest fiel die Gastgeberrolle nicht auf Unerfahrene oder wenig Ambitionierte, wie schon zu hören war. Alfred war schon ein bisschen stolz auf seine Brigitte, aber für so wichtig, dass er sie dafür auch noch lobte, schätzte er Hausfrauenarbeit, und Brigitte war eben Nur-Hausfrau, auch wieder nicht ein. Ihm war wichtig, dass er sich auf den häuslichen Kram, wie er die Arbeit seiner Frau oft bezeichnete, verlassen konnte, ohne dass er selbst dafür Zeit und Gedanken aufwenden musste. Umsatzzahlen, Geschäftstermine, Gewinn und weniger Verlust, das war seine Welt. Das Zuhause bedeutete ihm nicht allzu viel, und wenn alles reibungslos klappte, mischte er sich in nichts ein. Für dieses Zuhause hatte er ja schließlich Brigitte. Dafür hatte er sie ja letztlich geheiratet.

»Nun hat die gute Brigitte noch etwas zu essen gemacht, ich bin noch immer vom Abendessen satt. Ich schaffe beim besten Willen nichts mehr, höchstens noch ein Gläschen Rotwein!«

Obwohl er keinen Hunger hatte, griff Christian nach den Brötchen, mechanisch, so wie andere nach Zigaretten greifen. Auch die anderen waren wieder von der Terrasse ins Wohnzimmer zurückgekehrt.

»Wir müssten wieder einmal gemeinsam etwas Lustiges unternehmen!«, meinte Dagmar.

»Wir sind doch schon beieinander!«, rief Eva dazwischen.

»Nein, ich meine in zwei oder drei Monaten, oder so«, setzte Dagmar hinzu.

»Oder gleich erst nächstes Silvester!«, stichelte Eva weiter.

»Nun lass' sie doch erst ausreden!«, ermahnte sie Christian.

»Ja. Ich meine im Fasching oder so, der kommt jetzt ohnehin schon bald«, plante Dagmar weiter.

»Ja, in drei Monaten, heuer ist er später wie sonst!« Eva war nicht zu stoppen.

»Aber nicht wieder auf einen langweiligen Ball. Da bringen mich keine zehn Pferde mehr hin«, Eva brachte Argument um Argument.

»Also, mir ist die Musik dort zu laut. Außerdem ist es nicht meine Musik«, meinte Alfred

»Du mit deiner Musik. Ich will schon etwas, was einen in Stimmung bringt«, setzte Eva hinzu.

»Vielleicht sollten wir was ganz anderes machen, fortfahren, verreisen zum Beispiel!«, meinte Felix.

»Verreisen, im Winter, da friert es einen ja«, wandte Eva ein.

»Es kommt immer darauf an, was man anzieht«, belehrte sie Christian.

»Wo willst du denn hinfahren, nach Köln oder nach Rio?«, provozierte er Eva, die den Hintergrund der spaßigen Frage nicht bemerkte.

»Au, ja, Rio, da bin ich dabei!«, quietschte Eva.

»Hast du denn auch schon gespart?«, fragte Christian mit gespieltem Ernst.

»Spaß und Geldverschwenden liegen nur dir!«, giftete er zurück.

»Na, dann eben nicht, Spaßverderber!«, äußerte sich Eva säuerlich.

»Nun streitet euch doch nicht über etwas, was noch gar nicht abgemacht ist!«, versuchte Alfred zu beruhigen.

»Wie wäre es mit Venedig? Da ist doch auch Fasching!«, meinte Christian.

»Karneval!«, verbesserte Felix.

»Ach, du musst immer alles besser wissen!«, entgegnete Eva.

»Ve-ne-dig«, sagte Dagmar gedehnt und abwertend.

»Da waren wir doch schon dreimal. Zweimal sogar mit den Kindern. Immer dieses Venedig! «, setzte sie hinzu.

»Also, Venedig würde mich schon reizen, gerade im Karneval«, sagte Eva.

»Was ist denn da anders, Fasching ist Fasching, den finde ich öde, egal wo! «, brummte Alfred.

»Ach, nö! «, setzte Dagmar hinzu.

»Du bist überstimmt«, stellte Christian abschließend fest.

»Also, abgemacht, Venedig im Fasching!«, rief Eva und klatschte in die Hände.

»Halt, nicht so schnell. Da muss ich zuerst einmal nachsehen. Auch wenn für euch Fasching oder Karneval wichtig ist, für meine Arbeit ist es das nicht!«, sagte Alfred.

»Glaubt ihr vielleicht, ihr bekommt da etwas, zu dieser Zeit?«, meinte Brigitte.

»Sei nicht schon wieder so pessimistisch. Wenn wir uns mit der Reservierung beeilen, dann schon«, sagte Christian mit hoffnungsvollem Nachdruck.

»Wen nehmen wir noch mit?«, fragte Dagmar. »Ich habe da an Uschi und Werner gedacht!«

»Die kenne ich doch gar nicht«, wandte Eva sofort ein.

»Dann wirst du beide eben in Venedig kennen lernen, die sind ganz nett und Uschi ist eine Arbeitskollegin von mir.«

»Also gut, aber kümmern müsst ihr euch um den ganzen Kram«, wehrte Felix eine kommende Aufgabe ab. Er wollte nie eine Aufgabe oder die Verantwortung übernehmen.

»Also, spätestens in Venedig«, sagte Christian und lachte, aber nur eine verstand, dass er einen Titel einer Sammlung von Erzählungen von Daphne Du Maurier zitierte, obwohl alle den Film, der daraus gemacht wurde, kannten.

Leider verliefen die ersten Wochen im Januar bis zu einem einschneidenden Ereignis wie in jedem Jahr. Alfred Bergmüller ging seinen Geschäften als Fliesenhändler nach. Die Winterzeit war eine ruhige Zeit. Brigitte besorgte den Haushalt, sodass, wenn Alfred am Abend nach Hause kam, alles gerichtet war und man sich auf entspannte Abende freuen konnte.

Mit vielem hatten Brigitte und Alfred gerechnet. Es ging ihnen wirtschaftlich gut, um nicht zu sagen hervorragend. Das Haus, ein normales Reihenhaus hatte immer viele Gäste. Die Besucher kamen stets gerne zu Brigitte und Alfred. Es waren perfekte Gastgeber. Allein die Tochter der beiden, Chiara, verhielt sich in letzter Zeit immer zurückgezogener, verbrachte oft ein bis zwei Tage in der Woche in ihrem Zimmer und zeigte sich nur wenige Minuten in der Küche, um sich eine Kleinigkeit zu essen aus dem Kühlschrank zu holen. Dann war sie wieder für längere Zeit verschwunden. Die Eltern machten sich Sorgen, aber nicht mehr, wie es bei Eltern mit einer 15-jährigen Tochter üblich ist. Alfred war beruflich eingespannt. Ihm fehlte die Zeit, sich um schlichte private Dinge zu kümmern und sich Sorgen zu machen.

Der Anruf kam am Sonntagmorgen kurz nach acht Uhr. Der Anrufer sagte, er sei Kriminalbeamter. Am Apparat stellte er merkwürdige Fragen nach der minderjährigen Tochter und wollte deren gewöhnlichen Aufenthaltsort am Samstagabend wissen.

Brigitte wollte schon das Gespräch abbrechen, da sie an einen Spaßanrufer glaubte. Alfred hörte nur beiläufig dem Telefonat zu. Brigitte und Alfred hatten ihr Frühstück nur unwillig unterbrochen und als Brigitte den Hörer auflegte fragte Alfred, der das erschrockene Gesicht von Brigitte bemerkte:

»Was ist los? Wer ruft den da am Sonntagmorgen schon an?«

»Polizei! Es war die Polizei. Ein Beamter möchte in einer Viertelstunde zu uns kommen.«

»Wieso denn das?«, fragte Alfred.

»Hat das etwas mit Chiara zu tun? War Chiara heute Nacht zu Hause? Ich glaube, ich sehe mal nach«, sagte Brigitte beunruhigt und eilte entschlossen die Treppe hoch.

Nur nach Sekunden war sie wieder zurück.

»Sie ist nicht da! Sie war gar nicht da!«

»Dann muss etwas passiert sein.«

»Ja, warum will den ein Polizeibeamter persönlich in wenigen Minuten zu uns kommen?«

»Er wird es uns schon sagen«, sagte Alfred mit Groll.

Alfred schob seine noch halbvolle Kaffeetasse in die Tischmitte zurück und ging zum Badezimmer.

Brigitte kämmte sich vor dem Spiegel im Hausflur.

An der Haustüre läutete es.

Alfred kam noch etwas unvollständig bekleidet aus dem Bad. Beide blickten mit Anspannung zur Türe.

»Nun mach schon auf«, sagte Brigitte nach einer kurzen Schreckstarre.

Alfred ging über den Flur und öffnete die Türe.

Der Beamte grüßte und stellte sich vor: »Wagner, Kriminalhauptkommissar. Mein Assistent Leifert«. Er deutete mit dem Ausweis, den er vor sich hielt, auf seinen Begleiter.

»Kommen Sie doch herein«, sagte Brigitte die sich langsam aus ihrer Starre löste und auch in den Flur gekommen war.

Alfred ging voraus ins Wohnzimmer, die beiden Beamten folgten, Brigitte schloss als Letzte die Türe zum Flur.

»Das Mädchen Chiara Bergmüller ist ihre Tochter, nicht wahr?«, sagte der Kommissar mit Überzeugung.

»Da wir bei ihr den Schülerausweis gefunden haben, war der Weg zu Ihnen nicht schwierig«, ergänzte der Assistent.

»Ja, aber was ist passiert? Reden Sie schon!«, sagte Brigitte ungeduldig.

»Wir haben schon nachgesehen. Sie war die ganze Nacht nicht zu Hause«, brummte Alfred.

»Es tut uns Leid, Ihnen mitteilen zu müssen, dass Ihre Tochter nicht mehr am Leben ist.«

Das war wie ein Keulenschlag, der die Gesichter der Eltern einfrieren ließ.

»Unfall? Hatte sie einen Unfall?«, wollte Alfred wissen, nach dem er ein paar Mal tief geatmet hatte.

»Das können wir noch nicht abschließend sagen. Wir haben sie im Flussbett der Isar aufgefunden.«

»Das heißt ein Spaziergänger hat ihren Körper dort gesehen. So wurde es uns gemeldet«, ergänzte der Assistent. Der Kommissar nickte ernst dazu.

»Zur näheren Klärung der Ursachen und der Umstände bitten wir Sie, uns im Präsidium aufzusuchen. Hier ist meine Karte. Am Eingang wird man Ihnen sagen, wie Sie uns finden. Wir bedauern es sehr, Ihnen heute diese Nachricht überbringen zu müssen. Dann bis morgen, so gegen neun Uhr. Auf Wiedersehen!«

Alfred ließ sich im Sessel zurückfallen starrte an die Zimmerdecke und schlug dann die Hände vor sein Gesicht. Brigitte verschwand im Badezimmer.

Am Montagmorgen machten sich Alfred und Brigitte fertig, um zum Polizeipräsidium zu fahren. Alfred hatte bereits alle seine geschäftlichen Termine über sein Büro absagen lassen. Immer noch irritiert von der schrecklichen Nachricht, hatten sie eine Nacht teils mit Diskutieren, trauerndem Schweigen, zwischenzeitlichem Schlafen verbracht.

Brigitte und Alfred saßen im Polizeipräsidium dem Kommissar an einem mit Akten und Papieren überladenem Schreibtisch gegenüber. Sein Assistent stand mit dem Rücken an das Fensterbrett gelehnt. Mit einem gelangweilten, uninteressierten Gesichtsausdruck hörte er den Ausführungen zu, die der Kommissar den Eltern gab, die in sich zusammengesunken wie von Ferne die Worte des Beamten wahrnahmen. Regungslos hörten sie die Erklärungen, die wie durch eine Nebelwand, kaum verständlich, an ihr Ohr drangen.

»Wie lange hat ihre Tochter schon Drogen genommen, Frau Bergmüller?«
Erst die Frage des Kommissars ließ Brigitte den Kopf ruckartig heben.

»Drogen, welche Drogen? «, fragte sie verstört.

»Frau Bergmüller, Sie haben mir nicht richtig zugehört. Ihre Tochter hat am vergangenem Samstag, dem 24., gegen 23 Uhr, versucht, auf der Brüstung der Isar-Brücke zu balancieren, so berichten es Zeugen, und hat dann in ihrer Unkontrolliertheit das Gleichgewicht verloren und ist zwölf Meter in das Flussbett gestürzt. Leider haben wir bisher noch nicht exakt feststellen können, ob sie sich durch den Sturz das Genick gebrochen hat oder ertrunken ist. Der Wasserstand betrug zu diesem Zeitpunkt eineinhalb Meter. Das wird uns die Gerichtsmedizin sicher bald mitteilen können.«

»Drogen?«. Sie wiederholte das Wort langsam und mehrfach, ohne einen Zusammenhang herstellen zu können.

»Wo soll sie den das Zeug hergehabt haben?«

Die Gedanken der Mutter schwirrten ihn ihrem Kopf ziellos umher.

»Das möchten wir gerne von Ihnen wissen. Ist Ihnen in der letzten Zeit nichts an Ihrer Tochter aufgefallen?«, bohrte der Kommissar weiter.

»Ich verstehe das alles nicht. Sie war ein junges, aufgewecktes, lebensfrohes Mädchen.«

»Wir haben gestern, als wir ihr Zimmer durchsucht haben, nichts gefunden, was auf Drogen hindeutete. Sie muss die Drogen woanders eingenommen haben. Vielleicht dort, wo sie den Stoff herbekommen hatte.«

»Mit welchen Personen ist sie denn häufiger in Kontakt gekommen?«

»Mit Schulkameradinnen, Freundinnen, in den meisten Fällen«, erklärte Brigitte langsam die Wirklichkeit begreifend.

»Waren das alles nur weibliche Personen?«

»Nein, da gab es auch Jungs, Mitschüler.«

»Waren das überwiegend ein gleichaltriger Personenkreis?«

»Eigentlich ja.«

»Waren da auch ältere Männer darunter?«, wollte der Kommissar schließlich wissen.

»Weiß ich nicht. Kaum!«

»Nie auch ältere?«, der Kommissar bohrte weiter.

»Nicht, dass mir einer bekannt wäre«. Die Frau kramte in ihren Erinnerungen.

Es klopfte an der Bürotür. Die Abteilungssekretärin trat ein und legte dem Kommissar wortlos mit einem vielsagenden Blick ein Blatt Papier auf den Schreibtisch. Der Kommissar überflog den Text. Er blickte die Frau ruhig und nachsinnend an.

»Ihre Tochter war schwanger«, sagte er ruhig in den Raum hinein. »Und wir haben Substanzen in ihrem Blut gefunden, die dort nicht hinein gehören.«

Die Frau schaute versteinert. Es traf sie wie ein unvermittelter Schlag.

»Das war es, was sie von mir vor Wochen einmal wissen wollte.«

»Was wollte sie wissen?«

»Etwas über Schwangerschaft. Und ... etwas über Abtreibung!«

»Das ist ja unglaublich«, sagte Alfred, der sich aus seiner schweigsamen Phase langsam löste.

»Wir werden eine Obduktion veranlassen müssen«, meinte der Kommissar. »Dann sehen wir weiter. Wir werden Sie über die Freigabe der Leiche informieren.«

»Freigabe der Leiche, wie das schon klingt«, brummte Alfred. »Sind wir jetzt fertig?«, fragte er ungeduldig.

Man merkte, wie es in Alfred langsam hochkochte.

»Fürs Erste schon. Wir werden uns melden«, schloss der Kommissar das Gespräch.

Alfred hatte genug.

Wortlos ohne weitere Förmlichkeiten der Verabschiedung verließen die Eltern das Kommissariat.

»Leifert, Sie können die Akte zur Staatsanwaltschaft schicken. Ich denke für uns ist die Ermittlungsarbeit abgeschlossen«, sagte der Kommissar, legte die Akte auf einen anderen Stapel, nach dem er einen Vermerk angebracht hatte und zog sich eine neue Akte heran.

»Auf zum nächsten Fall«, bemerkte er knurrig.

Gegen Ende des Monats Januar, es war ein kalter Samstagmorgen, waren Alfred und Brigitte zusammen mit dem Auto in die City gefahren, obwohl es in der Nacht geschneit hatte und der Schnee auch auf den Straßen liegengeblieben war.

Sie trennten sich am Ausgang des Parkhauses, um jeder für sich einkaufen zu können. Das taten sie in bestimmten Abständen regelmäßig. Um Einkäufe gemeinsam zu erledigen, davon waren sie wieder abgekommen.

Oft besuchte Brigitte das Geschäft von Gudrun. Durch Kinderkleidung hatten sich Brigitte und Gudrun in diesem Laden vor vielen Jahren kennen gelernt. Chiara, die Tochter von Alfred und Brigitte sollte gerade eingeschult werden. Und für diesen ersten Schultag hatte Brigitte in Gudruns kleiner Boutique etwas Passendes gefunden.

Immer wenn Brigitte zum Einkaufen in die City kommt, schaut sie kurz bei Gudrun vorbei. Mitunter fand sie auch ein modisches Stück, obgleich sich ihre Vorstellungen von Mode nicht deckten. In einer Nebenstraße zur großen Einkaufsmeile hatte Gudrun ihre kleine Boutique für Damenmode. Früher führte sie auch Kinderkleidung, doch davon hatte sie wieder Abstand genommen, der Umsatz brachte nicht den erhofften Gewinn.

»Oh, welch' eine Überraschung!«, rief Gudrun als Brigitte durch die Ladentüre trat.

»Ja, wenn ich schon einmal hier in der Nähe bin, muss ich doch reinschauen«, begrüßte Brigitte die Geschäftsinhaberin.

»Möchtest du dir etwas Schönes aussuchen, für das kommende Frühjahr?«

»Ja, danke. Ich schau mich mal um.«

Brigitte besah sich die Kleiderkollektion eher lustlos als interessiert.

»Habt ihr, du und Alfred, schon Urlaubsplanungen für den kommenden Sommer gemacht?«, bemerkte Gudrun beiläufig.

»Nein. Die Arbeit von Alfred erfordert viel zeitliche Flexibilität. Soweit können wir nicht vorausplanen.«

»Ja, und dann hat es euch verdammt hart getroffen!« Gudrun steuerte auf das zurückliegende Geschehnis hin.

»Ja. Es wird lange dauern bis wir darüber hinweg sind.«

Brigitte wollte nicht näher auf ihr Unglück eingehen und schwieg.

»Die Zeit heilt alle Wunden«. Gudrun setzte diese oberflächliche Floskel hinzu.

»Das sagt sich so leicht. Aber es muss weitergehen«, sagte Brigitte mit einer gewissen Verbitterung.

»Ich kenne dich lange genug. Du schaffst das schon. Davon bin ich überzeugt.«

»Doch jetzt kommt leider der Fasching, besser gesagt der Karneval, dem ich gerne ausgewichen wäre, denn die anderen in unserem Freundeskreis wollen nach Venedig.«

Sie seufzte.

»Na ja, die haben nicht deine Belastung«.

Das Gespräch setzte sich in Nettigkeiten und nebensächlichen Themen fort, ohne dass Gudrun sich traute nochmals auf die belastende Situation von Brigitte einzugehen.

»Ja. Die anderen können's leichter nehmen, leichter schon als ich!«, seufzte Brigitte

»Ach, komm! Lass dich nicht hängen! Dadurch wird alles nicht besser. Habt ihr schon etwas gebucht? Hotel und so? Da würden wir auch gerne mal hin. Das würde auch Thorsten gefallen. Das hoff' ich wenigstens. Der Karneval in Venedig ist nicht so laut und ausgelassen wie der im Rheinland. Ich habe erst kürzlich einen Film im Fernsehen darüber gesehen.«

Gudrun wollte ihre Kundin auf andere Gedanken bringen.

»Ich verspreche mir nicht so viel davon«, bemerkte Brigitte.

»Wer übernimmt die organisatorische Arbeit? Felix vielleicht?« Gudrun wollte das Gespräch auf eine sachliche Ebene lenken.

»Nein, der wirklich nicht. Das hat Dagmar schon für uns erledigt. Hotel und Zugfahrkarte. Sie arbeitet ja in einem Reisebüro«, sagte Brigitte mit einer fast geschäftlichen Bemerkung.

»Ach, Ihr fahrt zu viert?«, fragte Gudrun nach.

»Nein. Wir sind zu acht. Aber mit dem Zug fahren wir zu viert. Nur wir Frauen«, entgegnete Brigitte.

»Venedig ist eine Superidee. Da könnten wir uns doch anschließen!«, drängte sich Gudrun auf.

»Wenn im Hotel noch ein Zimmer frei ist, ich weiß nicht?«

»Wie heißt denn euer Hotel?«, wollte Gudrun neugierig wissen.

»Faliero oder so.«

»Warte, das schreib ich mir auf und suche es später heraus. Eine Anfrage, die kann man ja probieren.«

»Okay. Würde ganz nett«, sagte Brigitte ohne Überzeugung und Begeisterung.

»Dann wären wir eben zehn, umso unterhaltsamer«, Gudrun malte sich schon das Zusammentreffen mit den anderen am Karnevalswochenende aus.

»Nur weiß ich nicht, ob ich Thorsten dazu überreden kann. Er hat ganz andere Freizeitvorstellungen. Ich seh' ihn kaum noch«, begrenze Gudrun ihre eigene Freude.

Brigitte durchsuchte weiter ohne konkrete Absicht die Angebote, die in den Kleiderständern auf Kundschaft warteten.

»Du, ich muss jetzt los. Ich schau mal wieder herein, ob es bei dir mit Venedig geklappt hat oder du rufst mich einfach an. Also dann, ciao.«

Ohne sich noch einmal weiter am Kleiderständer nach der neuesten Mode umzuschauen, rauschte sie aus dem Laden.

Am übernächsten Tag läutete bei Brigitte das Telefon. Gudrun war dran.

»Du, wir fahren auch nach Venedig. Nur haben wir leider in euerm Hotel kein Zimmer mehr bekommen. Aber nur wenige Meter weiter hatte das Hotel „Al Sole" noch etwas für uns, etwas teurer, aber es hat einen Stern mehr als das „Falier"«, verkündete sie stolz.

»Was sagt denn Thorsten, dazu?«

»Übermäßig begeistert war er nicht, aber er war mir noch etwas schuldig!«

»Wie kommt ihr hin«, wollte Brigitte noch wissen.

»Thorsten möchte mit seinem neuen Audi TT fahren, das hat ihn gelockt«, antwortete sie.

»Gut, dann sehen wir uns in Venedig, ciao.«

»Ich melde mich dann bei dir, wenn wir angekommen sind«, sagte Gudrun bei der kurzen Verabschiedung.

Eine halbe Stunde vor Abfahrt des Zuges trafen sich die vier Frauen am Münchner Hauptbahnhof. Mit einem großen Hallo und Umarmungen, alle durcheinander redend, drückten sie ihre Vorfreude auf die kommende Fahrt und vor allem auf die erhofften Urlaubstage zur Faschingszeit aus, auch wenn es nur wenige waren. Dagmar stellte ihre Arbeitskollegin Uschi den anderen vor. Gegenseitig fragten sie sich, ob sie an alles gedacht hätten und was sie alles mit sich führten.

»Gut, dass es mit dem Zug für vier geklappt hat und Werner im Auto bei Christian mitfahren kann.«

Da der Zug schon bereit stand, bestiegen sie einen Wagon, achteten darauf, dass es derjenige war, der in Verona abgehängt wurde, da der Zug die Hauptdestination Rom hatte und suchten ihr Abteil, das für sie reserviert war. Zu ihrem Bedauern waren schon zwei Plätze in dem 6er-Abteil mit einem jungen japanischen Paar belegt. Wie sich herausstellte, störte das fernöstliche Paar unsere lustige Reisegruppe kaum, im Gegenteil, die Frauen waren so aufgedreht In ihren Erwartungen, dass sie bald von den Fremden, die nur leise miteinander redeten, keine Notiz mehr nahmen.

Abfahrt. Ein kurzer Ruck ging durch den Zug und er rollte langsam Fahrt aufnehmend aus dem Bahnhof. Nach wenigen Minuten wurden die Geräusche, die vom Passieren der Weichen herrührten, weniger und die Fahrt ruhiger. Eva öffnete ihre Reisetasche und zog eine Flasche Rotwein daraus hervor. Nach ein wenig Kramen entnahm sie auch die Plastikbecher, die sie eingepackt hatte.

»Zum Glück hat die Flasche einen Schraubverschluss, sonst hätten wir hohl ausgeschaut«, sagte Eva erleichtert.

Sie verteilte die Becher und schenkte reihum ein.

»Zum Wohl. Auf unsere Fahrt«, sagte sie und prostete den anderen zu.

»Glühwein aus der Thermoskanne wäre jetzt auch nicht schlecht gewesen«, sagte Dagmar im Spaß.

»Wegen dir schleppe ich auch noch eine Thermoskanne mit«, bemerkte Eva spitz, die solche Bemerkungen überhaupt nicht mochte, weil sie diese immer für bare Münze nahm.

»Is' ja gut. Zum Wohl. Und danke, dass du an was Trinkbarem überhaupt gedacht hast«, beruhigte Brigitte Eva, die sich jetzt leicht erregt hatte.

»Wo unsere Männer jetzt wohl stecken?«, wechselte Ursula das Thema, da sie eine unangenehme Gesprächssituation aufkommen sah.

»Alfred hat geschäftlich noch in Mailand einen wichtigen Termin, den er nicht auslassen darf. Deswegen ist er dorthin mit dem Flugzeug gereist. Er will mit einem Geschäftspartner nach Modena fahren und eine Firma besuchen, die Feinsteinzeug herstellt. Sie fahren dann wieder mit dem Auto zurück. Er wird dann morgen auch den Flieger von Mailand nach Venedig nehmen und wir werden uns dann im Hotel treffen.«

»Da haben es die anderen nicht so bequem, im Winter mit dem Auto über den Brenner zu fahren, aber die wollten ja nicht mit dem Zug.«

Draußen war es schon sehr finster und nur die Lichter von Ortschaften, die nahe an der Bahnstrecke lagen waren zu sehen. Ab und zu durchfuhr der Zug einen Bahnhof, doch das Ortsschild war bei der Geschwindigkeit kaum zu erfassen.

Im Abteil waren die Ruheflächen rasch ausgeklappt, und die Japaner hatten sich aufgrund ihrer kleinen Gestalt und ihrer Wendigkeit auf die oberste Etage verzogen. Die Frauen murmelten sich noch etwas zu und kicherten dann wie Teenager. Das rhythmische Schlagen der Räder wurde rasch zum Einschlaflied.

Es war immer noch dunkel, als der Zug plötzlich still stand und Geräusche von Metall waren von draußen zu hören. Eva schoss hoch und blickte aus dem Fenster. Der Zug stand tatsächlich in einem Bahnhof. Die gelblichen Lichter im Bahnhofsgelände beschienen die Szene nur matt.

„Verona. Porta Nuova", war auf einem entfernten Schild in der schwachen Beleuchtung zu lesen.

»Wir sind schon in Verona. Die Wagons werden gerade getrennt und wir werden abgekoppelt.«

»Es ist aber noch früher Morgen. Wie viel Uhr ist es?«

»Es ist bereits acht Uhr.«

»Dann müssen wir uns rasch zurechtmachen.«

»Ich geh' schon mal auf die Toilette.«

Ein heftiger Ruck ging durch den Zug.

»Ich glaube, sie haben jetzt eine andere Lok angehängt.«

»Dagmar, du kennst dich da aus«, meinte Brigitte.

»Der Großteil des Zuges fährt über Florenz nach Rom. Unser Zugabschnitt fährt über Vicenza und Padua nach Venedig«, erklärte Dagmar, die sich in Reiseangelegenheiten auskannte.

»Hoffentlich sitzen wir im richtigen Teil«, versuchte Eva die Gruppe im Spaß zu verunsichern, nachdem sie wieder ins Abteil zurückgekehrt war.

»Red' keinen Quatsch. Schließlich hab **ich** die Fahrt gebucht.«

»Auf Dagmar können wir uns verlassen«, beruhigte Ursula die anderen, »Dagmar arbeitet schon eine Weile in dem Business.«

Nach wenigen Minuten setzte sich der Zug in Richtung Venedig in Bewegung. Von Minute zu Minute wurde es langsam heller und der Tag gewann Oberhand über die morgendliche Dämmerung. Der Zug fuhr nun nahezu die gesamte Strecke parallel zur Autobahn am Nordwestrand der Euganeischen Hügel vorbei nach Vicenza, dann folgte Padua. Die Landschaft wurde immer flacher. Jetzt sah man schon Wasserflächen im Licht des Vormittags bei der Annäherung an die Lagune glitzern. Von rechts näherte sich die Strada Regionale 11 an, die Padana Superiore. Zwei kleine Inseln lagen neben der langen Brücke, die Isola Giuliano und die Isola San Secondo, die einen ruinösen, zerfallenen Zustand zeigten.

Pünktlich war die Maschine auf dem Airport Marco Polo in Venedig-Tessera gelandet. Da es eine kleine Maschine war, war der Andrang am Gepäckband nicht sehr groß, und Alfred Bergmüller griff den kleinen Reisekoffer, den er als den seinen im Vorbeilaufen des Bandes erkannt hatte. Vor dem Haupteingang bestieg Alfred ein Taxi, das ihn nach einer 25-minütigen Fahrt an den Busbahnhof an der Piazzale Roma brachte. Die dreißig Euro bezahlte er gern, um nicht auf den Stadtbus der ACTV oder auf den Expressbus der ATVO warten zu müssen. Ein Wassertaxi hätte mindestens 300.000 Lire gekostet und wäre nur unwesentlich schneller gewesen.

Er war der Erste, der im Hotel ankam. Er checkte ein und erklärte dem Rezeptionisten, dass seine Gruppe aus acht Personen bestünde und die anderen Mitglieder der Gruppe mit dem Zug kämen und sicher bald eintreffen werden.

»Ich habe leider einige falsche Entscheidungen getroffen, da ich nicht bedacht habe, das in Oberitalien der Karneval genauso ernst genommen wird wie in Köln. Aber jetzt muss ich erst einmal abwarten, bis der Rest der Gruppe eingetroffen ist«, rechtfertigte er seine frühzeitige Ankunft.

Der Zug fuhr auf eine nicht enden wollende Brücke, den *ponte della libertà*, auf der rechten Seite begleitet von einer Autoschlange, da Eisenbahn und Blechkolonne parallel zueinander den gleichen Weg nehmen mussten, den einzigen für diese Verkehrsmittel auf Rädern, um in die Lagunenstadt zu kommen. Allerdings kommt man damit nur an ihren Rand. Dort hört für sie der Weg auf. Venedig wurde nicht für Autos und Eisenbahnen konzipiert, sondern als eine Art Wasserburg, damals zur Hunnenzeit auch noch ohne den Zugang über eine Brücke, die erst 1846 eröffnet wurde. Seit dem waren viele geschichtliche Ereignisse in und mit der Stadt geschehen.

Langsamer werdend rollte jetzt der Zug über die Brücke. Auf den Gängen entstand Bewegung und Unruhe. Türen wurden aufgerissen, Gepäckstücke scheuerten die Gangwände entlang. Besonders Eilige bereiteten sich jetzt schon auf das Aussteigen vor. Draußen im grauen Wasser der Lagune war kein Boot zusehen, geschweige denn eine Gondel.

»So einen traurigen Empfang habe ich mir nicht vorgestellt«, bemerkte Eva.

»Wenn man Venedig durch die Hintertür betritt, dann sieht man eben nicht das Wohnzimmer zuerst. Eine Stadt am Wasser sollte man deswegen immer von der Wasserseite her betreten«, meinte Brigitte

»Es liegt sicher nur am Wetter. Bei Sonnenschein sieht alles ganz anders aus«, versuchte Dagmar ihre kleine Reisegruppe zu beruhigen.

Die Autospur gab ihren parallelen Verlauf zum Schienenverlauf auf und trennte sich jetzt von dem Schienenweg, zweigte nach rechts über die Ponte della Libertà auf eine künstlich aufgeschüttete Insel ab, hinter der das große Parkhaus liegt.

Der Blick auf das Wasser wurde mit einem Mal abgelöst von den Ansichten, die allen Bahnhöfen gemeinsam waren: Maste, Signale, Drähte, andere Wagons, Lokomotiven. Über Weichen rumpelnd legte der Zug die letzte Strecke im Kopfbahnhof zurück, bis ihn eine große Halle einschloss. Nach langem Quietschen der Bremsen folgte ein kaum merklicher Ruck und der Zug stand. *Stazione ferroviaria Santa Lucia*, der Hauptbahnhof der Stadt im Wasser. Den Namen erhielt er von der Kirche, die 1861 für den Bau des Bahnhofs abgerissen worden war.

Auf dem Bahnsteig war es wie auf anderen Bahnhöfen auch, doch als sie den Bahnhofsvorplatz betraten, war es als ginge der Vorhang eines Theaters zu einem Goldoni-Stück auf. Vor ihnen lag quer eine Wasserstraße eng von Mauern eingefasst. Das Wasser schlug rhythmisch gegen die steinernen Wände und fiel, nachdem es einige Zentimeter hochgespritzt war wieder in ihr graues Bett zurück. Der Rhythmus wurde jedoch immer wieder durch den regen Bootsverkehr gestört, der scheinbar ungeordnet auf diesem Abschnitt herrschte.

Sie verließen ihren Wagon und gingen in Richtung Gleisende. Die Lokomotive strahlte von ihrem stählernen Körper merkliche Wärme ab.

Eva rief:»Ich sehe schon einen, der vor uns angekommen ist: Es ist Christian. Der war mit dem Auto schneller als wir mit dem Zug.«

Christian erwartete die Frauengruppe, am Gleisende neben der Lokomotive stehend und winkte den Frauen zu, die in Geschnatter ausbrachen und wild mit den nach oben gestreckten Händen sich winkend bemerkbar machten, als sie ihn sahen.

»Euch kann man keineswegs übersehen. Ich habe euch schon von weitem bemerkt«, rief er ihnen zu. Von jeder Frau der Gruppe wurde er stürmisch umarmt. Endlich war wieder ein Mann in ihrer Nähe.

»Jetzt haben wir ja einen Guide, der uns zum Hotel führt.«

»Bist du schon lange hier?«

»Wie war die Autofahrt?«

»Wo hast du geparkt?«

Nebensächliche Fragen überschütteten Christian.

»Wo hast du eigentlich Felix und Werner gelassen.

»Sie werden gleich da sein, Werner wollte am Kiosk dort drüben noch etwas besorgen und Felix palavert schon mit einigen Arbeitern am Anlegesteg.«

Doch dann richteten sich die Gedanken und die Fragen in die Gegenwart. Die Frauen drehten sich um die eigene Achse und blickten den Kanal vor dem Bahnhof hinauf und hinunter. Sie schauten sich unsicher und ratsuchend an.

»Wie heißt denn unser Hotel, Dagmar? In welchem Stadtviertel liegt es? Müssen wir mit einer Gondel fahren?«

»Halt. Zu viele Fragen auf einmal. Erstens heißt unser Hotel Falier und zweitens ist es nicht weit von hier!«, antwortete Dagmar schnippisch.

»Und noch auf die zweite Frage eine Antwort zu geben, meine Süße, Venedig hat keine Stadtviertel, sondern Sechstel, die *sestieri*«, belehrte sie Dagmar.

Das Hotel Falier, das sich Dagmar ausgesucht hatte, war nicht einfach zu finden. Es lag an der *salizzada San Pantalon*. Da sie nur wenig Gepäck dabei hatten, versuchten sie nicht erst, mit einem Taxiboot zum Hotel zu kommen. Obwohl die Bootsführer erwartungsvoll blickten, einige ihnen ihre Dienste lautstark rufend anboten. Der einfachste Weg, sich nicht zu verlaufen, war immer an den Kanälen entlang. So überquerten sie zuerst die Brücke am Bahnhof, eine der wenigen, drei genau, die den Canal Grande überspannen, wandten sich nach rechts den *Fondamente San Simeon piccolo* entlang, bogen den Weg entlang des *Rio della Croce* ein und gelangten zur *Tolentini*-Kirche, von der nicht einmal Christian etwas zu sagen wusste. Mutiger geworden, verließen sie den Weg neben dem sie begleitenden Kanal, umgingen das Langhaus der Kirche, um durch eine Stichgasse, die im Plan gut eingezeichnet war, in die Gasse zu gelangen, auf deren halber Länge ihr Quartier für die nächsten vier Tage lag. Vor der Haustüre war wieder ein kleiner Wasserweg, der *Rio del Cattaro*, der gleich in Hotelnähe einen scharfen Knick machte.

Die Luft, die ihnen beim Betreten des Hotels entgegen schlug, war nicht besser als die vor dem Haus, die durch einen kleinen Kanal bestimmt wurde. Es roch nach alten Teppichen, eingewachstem Holz der Böden oder der Möbel. Dazu kam, dass der Eingangsbereich wider Erwarten sehr niedrig war und drückend wirkte. Die übergroße Murano-Deckenleuchte schwebte bedrohlich nah über den Köpfen der Ankömmlinge.

Die Anmeldeformalitäten waren mit dem arrogant wirkenden älteren Mann an der Rezeption rasch erledigt. Die Männer griffen sich das Gepäck – eine Hilfe war weit und breit nicht auszumachen – die Frauen eilten mit den Zimmerschlüsseln, die der Rezeptionist auf die Theke gelegt hatte, in den zweiten Stock voraus. Der Lift war ihnen viel zu klein und nachdem Felix einen kurzen Blick hineingeworfen hatte, verzichteten sie darauf, sich hineinzudrängen und in mehreren Fahrten das Gepäck nach oben zu befördern. Bald waren sie in ihren Zimmern und verabredeten, sich in einer halben Stunde am Eingang oder vor dem Hotel wieder zusammenzufinden. Sie wollten sich noch am Vormittag in der Nähe umsehen und auch, da das Frühstück im Zug zwischen Verona und Venedig bestehend aus den mitgenommenen Brotschnitten recht karg ausgefallen war, frühzeitiger als es in diesem Land üblich ist, etwas gegen den Hunger tun.

»Eva fehl noch«, sagte Brigitte, die immer besorgt war.

»Wie üblich«, meinte Dagmar.

»Bloß jetzt keine Sticheleien, wir haben auch alle Hunger«, sagte Brigitte mit einer schneidenden Bestimmtheit.

Eva kam als letzte aus dem Hoteleingang, die anderen beredeten schon, in welcher Richtung ihr Spaziergang seinen Anfang nehmen sollte. Sie brachte auch gleich ihre Enttäuschung über das Hotel zum Ausdruck:

»Falier, welches Hotel heißt denn schon Falier? Hotels heißen Metropol oder – oder Goldener Löwe!«

»Oder vielleicht Bayerischer Löwe?«

Alle lachten.

»Bayerischer Löwe! Hier in Venedig? Eher schon Löwe von San Marco!«

»Oder Danieli, Eva?«

»Warum nicht, es klingt italienisch.«

»Und es ist das Teuerste. Für dich gerade gut genug.«

»Hört doch auf, das bringt uns doch nicht weiter. Erstens tut es das 'Falier' für ein verlängertes Wochenende und zweitens kann man am Faschings-Wochenende nicht wählerisch sein!«

»Also dann los, immer am Kanal entlang.«

Vor dem Hotel „Al Sole" warteten schon Gudrun und Thorsten, die wie schon vorher ausgemacht, sich der Gruppe anschlossen. Keiner von den beiden war richtig maskiert. Gudrun trug einen auffälligen Mantel aus Pelzimitat und Thorsten seine hässliche, olivgrüne Regenjacke.

Sie schlugen den Weg in seiner Fortsetzung ein, den sie vom Bahnhof her gekommen waren, zufällig die richtige Richtung zum *Canal grande*. Hier mussten sie nach links zum Rialto abbiegen, um über die Brücke auf die andere Seite zu gelangen. Oft blieben sie stehen, sahen sich die Auslagen der Geschäfte oder die davor auf Tischen oder Drehständern ausgestellten Waren an.

»Ich dachte wir wollten etwas essen und nicht ewig hier rumstehen«, nörgelte Eva.

In der Calle dei Botteri, die anderen waren schon ein Stück weitergezogen, blieb Christians Blick an einem Buch hängen, das in einem Kasten vor einem Bücherantiquariat lag. Es lag oben auf den Rücken der anderen teilweise beschädigten Bücher. Deutlich sichtbar der Titel: *Marino Faliero.* Autor: Vittorio Lazzaroni. Christian trat näher heran, nahm das Buch zur Hand und schlug den Buchdeckel auf, dann das Deckblatt und las: »Firenze, 1963.«

Gefesselt blätterte er weiter. »Marino Falier. Es muss allem Anschein nach ein Doge gewesen sein. Trecento. Im 14. Jahrhundert also. Leider alles Italienisch«, murmelte er.

»Du wirst doch jetzt nicht in alten Schinken schmökern wollen«, wurde er von hinten angeraunzt. Die Gruppe war zu ihm zurückgekehrt und drängte zum Weitergehen.

»Da schau, du wolltest doch etwas über den Namen unseres Hotels erfahren?«. Er schwenkte das Buch vor Evas Nase.

»Unser Hotel heißt ‚Falier', hier steht Faliero!«, kam als Einwand.

»Im Venezianischen wird häufig der Vokal am Wortende weggelassen.«

»Seit wann kannst du Venezianisch?«

Christian sprach Italienisch, nicht perfekt, aber für den Hausgebrauch ganz gut und was darüber hinaus in bestimmten Situationen ganz nützlich war.

»Ich frage mal nach dem Preis, vielleicht kann man auch noch handeln«, sagte Christian und verschwand im Geschäft.

Dagmar durchsuchte die Bücherkiste, nahm das eine und andere Buch heraus und legte alle wieder mit enttäuschter Miene zurück. Sie wusste selbst nicht, was sie suchte. Das letzte ließ sie achtlos zurückfallen, als Christian das Buch über dem Kopf schwenkend aus der Türe des Buchladens trat.

»Sechzehntausend. Zuerst wollte er zwanzig!«, triumphierte Christian.

»Du hast es tatsächlich gekauft?«, fragte Dagmar nach.

»Und wir müssen uns die nächsten Tage wohl alles über diesen Faliero anhören?«, befürchtete Eva.

»Ja. Aber ich hole ein anderes später noch ab. Es ist zu schwer, es jetzt mit herumzuschleppen«, sagte er zu Dagmar.

»Es war schon witzig! Als der Buchhändler merkte, dass mein Italienisch zu lückenhaft ist, sagte er: »Un attimo« und verschwand im hinteren Bereich seines Ladens. Mit einem Buch, einem alten Schinken, kam er wieder zurück, legte es triumphierend auf die Ladentheke und sah mich erwartungsvoll an.

»La Storia di Venezia! Tedesco! Deutsch! Lipsia! Leipzig! Millesettecentosessantanove!«

Er deutete mit dem Finger auf den Erscheinungsort und das Erscheinungsjahr, nachdem er den Buchdeckel aufgeklappt hatte.

»Ja. Ich glaube, das ist es, was ich brauche!«, sagte Christian und nickte hocherfreut.

Christian bezahlte. Den horrenden Preis des zweiten Buches verschwieg er Dagmar, die schon ungeduldig vor der Türe auf ihn gewartet hatte.

Auch die anderen Gruppenmitglieder zeigten ihre Einkäufe aus dem Laden eines Maskenherstellers vor: verschiedene Gesichtsmasken und welche die nur die Augen bedeckten. Eva hatte sich dazu noch einen federgeschmückten Hut dazu geleistet.

»Da habt ihr aber richtig Geld ausgegeben bei dem *masceriero*«, sagte Christian und grinste in sich hinein.

Keiner von den anderen in der Gruppe hatte großes Interesse an Büchern. In guter Stimmung, wie nach jedem erfolgreichen Einkaufserlebnis, zog die Gruppe weiter, um sich ein Café oder eine Bar für ein zweites Frühstück zu suchen. Den Rest des Tages verbrachten sie zu zweit oder in einer kleineren Gruppe herumstreifend, einige zog es zur Frari-Kirche, die vollständig Santa Maria Gloriosa dei Frari heißt, und zur Scuola Grande di San Rocco mit den Bilderzyklen von Tintoretto, andere strebten zur Dominikanerkirche Santi Giovanni e Paolo.

Zu einer ungewöhnlichen Morgenstunde saß Christian Drexler in der Eingangshalle des Hotels und hatte sich aus einem offenen Regal einige Bücher auf das Tischchen neben seinem Sessel gelegt. Da es im Raum noch sehr düster war, knipste er eine kleine Leselampe an, die wohl zu diesem Zweck bereit stand. Die Bücher waren überwiegend italienische und englische Ausgaben über Sehenswürdigkeiten der Stadt.

»Auch so ein Frühaufsteher", rief er Alfred zu, den er die Treppe herabkommen hörte. Er blickte nur kurz von dem Buch auf, in dem er blätterte.

»Es liegt weniger an der Freude am frühen Aufstehen als an den Betten hier, in denen man nur schlafen kann, wenn man sich stockbesoffen hineinlegt, und gestern habe ich wahrlich nicht zu viel getrunken. Du warst ja dabei.«

Der Rezeptionist nahm kaum Notiz von dem eben in die Halle gekommenen Gast. Er murmelte nur ein halblautes *„buon giorno"*.

Alfred ließ sich in den Sessel neben Christian fallen und warf einen Blick auf die Bücher.

»Du bist schon so früh in Sachen Kultur unterwegs?«

»Ja. Zwangsweise. Mein Ressortchef hatte mir aufgetragen, wenn ich schon ein verlängertes Wochenende beantrage, dann könne ich gleich etwas für unsere Zeitung tun und einen Artikel über die Dogen oder den Dogenpalast schreiben.«

»Das ist aber eine umfangreiche Aufgabe.«

»Ich weiß selbst noch nicht, wo ich da anfangen soll.

Es gab 120 Dogen von 697 bis 1797, das sind genau 1100 Jahre. Wo soll ich da anfangen? Beim Ersten oder beim Letzten oder irgendwo in der Mitte?«

»Das kannst du doch alles von zu Hause aus bequemer recherchieren.«

»Nein. Da bin ich altmodisch. Ich brauche die Atmosphäre vor Ort, sonst wird meine Geschichte leblos.«

»Dann lass uns doch heute diese Atmosphäre genießen. Ich schlage eine Fahrt mit dem *vaporetto* den *canal grande* entlang vor. Am besten vom Bahnhof bis zum Markusplatz.«

»Gut, kommt darauf an, wie die anderen den Vorschlag finden«, meinte Christian abschließend.

Nach und nach kamen auch die übrigen Mitglieder der Reisegruppe die Treppe herunter, so dass man sich gemeinsam in den Frühstücksraum begeben konnte. Bis der dampfende Kaffee mit der warmen Milch auf dem Tisch stand, drehte sich das Gespräch darum, wie gut oder wie schlecht jeder geschlafen hatte.

»Ich habe die ganze Nacht Geräusche gehört, die ich nicht zuordnen konnte. Ich habe mehrmals das Fenster auf- und wieder zugemacht, geschlafen habe ich wenig«, beklagte sich Brigitte.

»Na dann werdet ihr froh sein, wenn wir anstelle einer Venedig-Durchquerung zu Fuß eine gemütliche Dampferfahrt machen.«

»Was wollen wir mit einer Dampferfahrt, wir sind doch gestern erst angekommen und nun sollen wir schon heute mit einem Dampfer aufs Meer hinaus«, wandte Eva ein.

»Es ist mehr eine Fahrt mit einem Linienschiff den *canal grande* entlang, du G'scheithaferl«, korrigierte sie Dagmar.

»Das mit dem G'scheithaferl lass besser bleiben, sonst fahr' ich gar nicht erst mit«, protestierte Eva beleidigt.

»Ich meine, du hättest doch wissen müssen, dass man hier die Linienschiffe *vaporetti* nennt, das leitet sich von dem Wort Dampfer ab.«

»Gut, wenn du es sagst. Nun wissen wir es ja alle«, lenkte Eva ein.

»Also einverstanden. Wir treffen uns in einer halben Stunde hier in der Lobby oder vor dem Hotel. Dann ziehen wir los.«

Relativ zügig verspeisten sie das für Italien typische karge Frühstück und kehrten auf ihre Zimmer zurück.

Eine halbe Stunde später standen sie vor der Rezeption, legten die Zimmerschlüssel auf den Tresen und zogen warm in Wintermäntel oder gefütterten Anoraks gehüllt los, nach dem sie sich Christian als Führer untergeordnet hatten. Der Morgen war noch sehr frisch, aber der Tag schien hell und sonnig zu werden. Es war derselbe Weg, der sie am Vortag vom Bahnhof hergeführt hatte, nur in der umgekehrten Richtung. Sie hätten auch schon früher in einen *vaporetto* einsteigen können, doch sie fanden trotz eines Stadtplans den Weg zum nächstgelegenen Anlegepunkt nicht und orientierten sich am Bahnhof. Und wie bei ihrer Ankunft trafen sie auf den *canal grande* in Bahnhofsnähe. Leider lag die Haltestelle der Linie 1 auf der anderen Seite des großen Kanals, den sie folglich wieder auf der Brücke überqueren mussten.

Gerade rechtzeitig kamen sie zur Anlegestelle. Ein *vaporetto* näherte sich eben. Die Menschen, die zusteigen wollten und vorwärts drängten, überwiegend Touristen, mussten zuerst den Aussteigenden, es waren zu diesem Zeitpunkt nur wenige, Platz machen. Eva eilte, den anderen einen Weg bahnend und sie wie an einer unsichtbaren Leine nach sich ziehend, zum Bug des Schiffes. Ein guter Sitzplatz mit Aussicht war zu ergattern. Allerdings merkten sie bald wie frisch der Fahrtwind war und sie zogen ihre Schals vor ihre Gesichter.

Der *vaporetto* legte ab. Alfred und Brigitte saßen, die anderen standen. Felix hatte seinen Fotoapparat schussbereit gemacht. Die Wasserstraße des *canal grande* präsentierte beidseitig die Paläste vergangener Zeiten.

Kurz bevor das Schiff unter der Holzbogenkonstruktion der Brücke hindurchfuhr, tauchte die Barockfassade der nahe des Bahnhofs gelegenen Kirche Santa Maria di Nazareth auf, die aber nur degli Scalzi genannt wird. Alfred erinnerte sich, als er einmal im Vorbeigehen den schweren dunkelbraunen Vorhang beiseite schiebend den düsteren Kirchenraum betreten hatte und ihn die sofort umgebende Stille und Abgeschiedenheit vom Straßenlärm beeindruckte, ja fast geängstigt hatte. Jetzt vom Schiff aus wirkten die Doppelsäulen der Fassade von Giuseppe Sardi geradezu wohltuend gegenüber dem hässlichen Bau des Bahnhofsgebäudes.

Die Fassaden der Paläste zogen an ihnen vorbei.

»Ich möchte endlich zum Markusplatz«, rief Eva ungeduldig wie ein kleines Kind.

»Alle wollen immer zum Markusplatz, alle kommen immer zum Markusplatz. Es ist der magische Schnittpunkt von Venedig«, meinte Alfred und rief Eva zu: »Bald sind wir da. Schau dir doch die schönen Häuser an!«

»Es zieht hier und mir ist kalt!", gab sie jammernd zurück.

»Dann geh' doch ins Innere!«, empfahl Alfred grob.

»Der eine sagt, ich soll schauen, der andere sagt, ich soll mich verkriechen. Ich will wieder runter von dem Dampfer!«

Christian gab weltmännisch Erklärungen zu den Gebäuden ab, auf die er mit ausgestrecktem Arm deutete. Sie passierten auf der linken Kanalseite den Palazzo Véndramin-Calergi. Christian erklärte, dass hier 1883 Richard Wagner starb. Die nächste Anlegestelle „Stae" lag auf der Steuerbordseite.

Nach kurzer Abwesenheit tauchte Eva wieder auf dem vorderen Deck auf.

»Da drinnen sieht man ja gar nichts mehr richtig«, beschwerte sie sich. »Die Scheiben sind verschmiert und beschlagen.«

Das Boot verfolgte wie immer seinen vorgeschriebenen Wasserweg.

»Eigentlich heißt die Kirche, die in der Form eines griechischen Kreuzes von Giovanni Grassi erbaut wurde, offiziell Sant'Eustachio«, wusste Christian.

Auf der Weiterfahrt rief Eva immer wieder: »Jetzt legen wir Steuerbord an und jetzt legen wir wieder Backboard an.«

»Du musst aber nicht andauernd die Landungsstelle ausrufen«, wies sie Christian zurecht, dem das auffällige Rufen peinlich war.

»Der Kapitän kennt die Strecke, er braucht deine Hilfestellung nicht«, versuchte Brigitte das Ganze ins Lächerliche zu ziehen.

Eva schmollte beleidigt: »Dann sage ich eben heute gar nichts mehr!«

»Das wird dir aber schwer fallen«, stichelte Dagmar noch etwas nach.

»Die Palazzi Pésaro und Corner della Regina, beide rechts, erwähne ich nur zur Vollständigkeit«, verkündete Christian. »Aber jetzt kommt ein Höhepunkt!«, setzte er hinzu.

»Das „Goldene Haus", typisch die venezianische Gotik, gibt bei einer Besichtigung einen Einblick in die venezianische Wohnkultur des Spätmittelalters«, begeisterte sich Christian.

»Warst du da schon drin?«, wollte Eva wissen.

»Ja, aber es ist schon ein paar Jährchen her«, antwortete Christian. Die Ca' d'Oro mit ihren Elementen, die sofort das Bild des Dogenpalastes in den Sinn rufen. Die Bögen im Erdgeschoss und die Säulen der beiden Loggien.

Nach der Vorbeifahrt an der Pescheria und der Erberia, den Handelsplätzen für Fisch und Gemüse, steuerte der *vaporetto* langsam in eine Rechtskurve und die Rialto-Brücke wurde sichtbar. Nachdem Christian noch auf der linken Seite auf das Handelshaus der deutschen Kaufleute hingewiesen hatte, folgte die Durchfahrt unter dem Bogen der Rialto-Brücke. Hier merkte man, wie schwer und breit sich der Brückenbogen über den Kanal spannte. Das Boot musste den Weg genau in der Mitte des Kanals nehmen. Nach der Brückendurchfahrt an der Station ‚Rialto' wechselt das Boot mehrmals die Seiten des Kanals, um die verschiedenen Anlegestellen zu bedienen. Die Köpfe der Betrachter wanderten von links nach rechts und wieder zurück.

An der Anlegestelle ‚San Angelo' sahen sie die nebeneinander gebauten Palazzi Mocenigo, eine Familie, die sieben Dogen hervorbrachte.

Christian wurde gar nicht müde, die berühmten Gebäude zu nennen, an denen sie in rascher Folge vorbeizogen: der Palazzo Grimani, der Palazzo Donà, der Palazzo Corner-Spinelli, der Palazzo Pisani-Moretta, der Palazzo Mocenigo, der Palazzo Contarini dalle Figure, der Palazzo Balbi, die Ca' Foscari, der Palazzo Giustinian, der Palazzo Rezzónico, der Palazzo Grassi, der Palazzo Loredan.

»Jetzt kannst du deinen Reiseführer langsam wegstecken«, sagte Alfred zu Christian, »wir sind jetzt alle geistig ausgestiegen und packen die Fülle der Informationen nicht mehr.«

Nach dem großen Linksbogen, in den das Boot einsteuerte, erreichte man kurz vor der dritten Brücke die Galleria dell' Accademia.

»Nur Palazzi, Palazzi. Endlich, da kommt wieder einmal eine Brücke!«, rief Eva zur Abwechslung.

»Heute Nacht träume ich bestimmt das Wort „Palazzo"!«

»Ok. Ich verstehe. Dabei habe ich noch nicht einmal die zugehörigen Details der einzelnen Palazzi erklärt«, gestand Christian mit einem Ausdruck der Enttäuschung.

Dann tauchte nach dem Scheitelpunkt des zweiten S-Bogens – oder war es ein Fragezeichen – die Kuppel von Santa Maria della Salute auf. Doch bis dahin war es noch ein gutes Stück. Die dritte Brücke bei der *accademia* wurde durchfahren und vorbei am Guggenheim-Museum, wo ein kurzer Blick auf die Plastik des Marino Marini „The Angel of the City", „L'angelo della citta", ein Reiter auf einem Pferd, das sich nicht beherrschen lassen will, erhascht werden konnte.

Christian erklärte: »Der aufrechte Phallus der Figur habe das Risiko, vorbeigehende Nonnen oder „stickige Besucher" zu beleidigen, schrieb Peggy Guggenheim in ihre Memoiren.«

Hier an der Anlegestelle verließen die Mitreisenden, die in diese Gemäldegalerie wollten oder über die hölzerne Brücke, eine der wenigen über den *canal grande*, dem Zentrum der Stadt zustrebten, das Schiff.

»Wir bleiben bis San Marco an Bord«, bestimmte Christian.

Nach dem Halt ‚Salute‘ querte das Boot an der Mündung des *canal grande* das *bacino*, das Hafenbecken der Seefahrerstadt. An dem kleinen Gartengrundstück, den *giardinetti*, war die Haltestelle ‚San Marco‘. Hier stieg die Gruppe aus, schlängelte sich eilig, wie wenn sie schnell ein abgesprochenes Ziel erreichen müsste, durch die Menschen, die an der Mole auf- und abgingen. Die Maskenträger, die dort anzutreffen waren, wurden immer häufiger und auffallender.

Auf der Piazzetta vor dem Markusplatz herrschte schon dichter Betrieb. Ungeachtet des fatalen Rufs bewegten sich viele Menschen auch zwischen den Säulen mit dem Hl. Teodorus und der des Löwen von San Marco. Es ist die Stelle, wo Verbrecher hingerichtet wurden. Maskierte zogen paarweise oder in Gruppen umher. Wo immer eine Kamera auftauchte, stellten sie sich in Pose. Der Fotograf achtete dabei auch auf den passenden Hintergrund, um der Maske einen kompletten Rahmen zu geben: die Bögen der Markus-Kirche, die Säulen der Procuratie vecchie, den Eingängen der Cafés von Florian und Quadri oder gegenüber über dem glitzernden Wasser des Hafenbeckens San Giorgio Maggiore, einem Bau nach Entwürfen von Palladio.

Der Weg der Gruppe führte sie an der Wasserlinie entlang, wo eine Vielzahl von Gondeln im grauen Wasser schaukelte. An der Anlegestelle ,San Zaccaria', spielte sich ein lebendiger Bootsverkehr ab. Verwirrend war hier, dass es verschiedene Haltepunkte mit der Bezeichnung ,Zaccaria' gab, die sich nur durch Buchstaben voneinander unterschieden. Sie folgten der *Riva degli Schiavoni*, wo das Auftreten der Masken immer dichter wurde, bis zum *Rio di Palazzo*. Hier auf der *Ponte della Paglia* mit dem Blick auf die weltberühmte Seufzerbrücke, die den Dogenpalast mit den Gefängnissen verbindet, stauten sich die Maskierten, die alle diese Brücke als Höhepunkt ihrer Fotoaufnahmen haben wollten. Ein Weiterkommen in Richtung des Arsenals war kaum mehr möglich, da aus der Gegenrichtung immer Mehrmaskenträger heranströmten.

Also wendete die ganze Gruppe auf einen Fingerzeig von Christian und zog an der Südseite des Dogenpalastes vorbei auf die Piazza San Marco. Auch hier stolzierten die Maskierten kreuz und quer über den Platz, scheuchten die heranfliegenden, immer hungrigen Tauben auf, die widerwillig aufflatterten. Unter den Bögen der majestätischen Säulengänge, die den repräsentativen Platz säumen, umrundete die Gruppe die Piazza. Von der Südseite aus erklärte Christian seinen Leuten den gegenüber stehenden Uhrenturm.

»Die Uhr zeigt stets aktuell neben der Uhrzeit das Sternkreiszeichen und die Mondphase an. Darüber hinaus schlagen jeweils zur vollen Stunde täglich die beiden "Mohren", wegen der nachgedunkelten Bronzierung so genannt, zeitlich versetzt an die Glocke, die den Uhrenturm bekrönt. Jeweils zur vollen Stunde kann man das Glockenspiel mit den Heiligen Drei Königen erleben, die von einem Engel vor die Gottesmutter mit dem Jesuskind geleitet werden und sich davor verbeugen. Doch nicht an jedem Tag!«, ließ Christian seinen Zuhörerkreis zu deren Enttäuschung wissen.

»Wann kann man dann das Glockenspiel sehen?«, wollte Eva sofort wissen.

»Leider kann man nur zweimal im Jahr, am Tag der Heiligen Drei Könige und an Christi Himmelfahrt dieses Schauspiel verfolgen«, musste Christian seinen Landsleuten eingestehen.

Die Gruppe blieb jedoch bei ihrer Fortsetzung des Rundgangs unter den Kolonnaden ständig an den prunkvollen Auslagen der Juweliere, Goldschmiede und Uhrmacher hängen.

»Ja, wer kauft denn hier ein«, fragte Dagmar.

»Auf jeden Fall, wer mehr Geld in der Tasche hat als wir«, antwortete Christian.

Nach verschiedenen Abwägungen, ob die Uhrzeit schon auf die Mittagszeit hinweist, den Umfang der Speisekarte, die persönlichen Hungergefühle, die geäußert wurden, den Blicken durch die Eingangstüre, mögliche Ausblicke durch die Fenster nach draußen, die Wahl eines entsprechenden Tisches folgten. Jeder leistete zur Wahl des Lokals seinen persönlichen Beitrag, so betrat die Gruppe angeführt von Alfred das Restaurant und steuerte, ohne auf den entgegeneilenden *cameriere* und dessen Platzanweisungsversuche zu achten, auf einen großen Tisch am Fenster zu. Da Werner und Uschi sahen, dass es wohl Probleme mit den Plätzen geben könnte, da sie keinen passenden großen Tisch entdecken konnten, entschlossen sie sich, für die Essenspause etwas Eigenes zu suchen.

»Wir treffen uns dann, sagen wir in einer Stunde, am *campanile*, da können wir uns nicht verfehlen!«, sagte Uschi zu Dagmar.

Eva bemerkte, als Werner und Uschi die Gruppe verlassen hatten: »Sind die immer so komisch?«

»Nee, die haben eben bemerkt, dass hier die Restaurants nicht auf größere nordländische Gruppen eingerichtet sind«, bog Dagmar den unfreundlichen Einwand ins Lächerliche ab.

Die Plätze im Restaurant wurden eingenommen, ohne auf den *cameriere* zu achten, der hoffnungslos versuchte, hier steuernd mitzuwirken.

»Wollt ihr hier? Sitzt du hier, dann sitz' ich dort. Brigitte, du da drüben, neben Eva!«

»Ich will aber nicht mit dem Rücken zum Fenster!«, war Eva quengelnd zu hören.

Stühle wurden gerückt. Der *cameriere* zupft noch an einem Ende des Tischtuchs, schiebt Wasser- und Weingläser zurecht, um nach dieser sinnlosen und überflüssigen Arbeit - die Gruppe nahm sofort entsprechende Korrekturen vor - einen Stapel von Speisekarten herbei zu jonglieren, jedem eine mit einer Drehung in Leserichtung aushändigend, den Damen zuerst, dann den Herren, mit einem erwartungsvollen Blick und der Frage: »Un aperitivo, signori?«

Ohne den fragenden Blick des Kellners zu beachten, setzten fast alle gleichzeitig ein:

»Was nehmen wir denn?«

»Was nimmst du?«

»Ich glaube, ich nehme ... «

»Nein, wenn du ... nimmst, dann nehm' ich ... «

»Wie wär's mit ...?«

»Was trinken wir eigentlich?«, fragte Alfred dazwischen.

»Wein — weiß oder rot?«

»Für alle weiß, oder?«, wollte Alfred sich bestätigt wissen.

»Wenn alle Fisch nehmen, also dann weiß!«

»Un litro bianco locale!«, orderte Christian.

»Wasser?« fragte Alfred in die Runde.

»Ja, auch«, bestätigte Brigitte.

»Also, aqua minerale«, wandte sich Christian dem Kellner zu.

Es folgten die üblichen Witze über das Wasser: »Wasser ist zum Waschen da ...«. Gelächter folgte.

Der Kellner brachte sehr schnell die georderten Getränke.

»Allora, per primo?«, fragte der Kellner etwas drängelnd, seinen Block gezückt und mit dem Kuli unruhig darauf geklopft hatte, nachdem er die Gläser der unruhigen Gäste gefüllt hatte.

»Für mich Spaghetti«, rief Eva wie ein vorlautes Kind, »mit Ragù - hu«, setzte sie übermütig hinzu. Nicht, weil sie sich so schnell entschlossen hatte, sondern weil sie kaum etwas anderes auf der Karte kannte und daher wie so oft das gleiche wählte.

Die anderen bestellten *Tagliatelle* mit Tomatensoße und *Rigatoni al forno*. Bei der Wahl des Hauptgerichtes einigte man sich auf Fisch, *cefalù*, nur Eva zog sich auf das ihr bekannte *costoletta milanese* zurück.

»Wer weiß, wie viele Gräten der Fisch hat? Ohne mich«, warf Eva ein.

»Die üblichen, wie die meisten Seefische, außer Thunfisch, Haifisch, Schwertfisch«, setzte Christian hinzu.

»Reicht schon«, sagte Alfred, »wir wollen essen und keine Vorträge von dir!«

»Ist das nicht der, der so einen breiten, haifischähnlichen Kopf hat?«, fragte Brigitte.

»Ja, und mit dem wühlt er im Sandboden des Meeres. Einmal haben wir einen vorgesetzt bekommen, der muss im Klärschlamm gebuddelt haben. Aber das war bei uns zu Hause. Gefrorener Fisch und schlecht aufgetaut!«, berichtete Dagmar.

»Ach, bin ich froh, dass ich ein Schnitzel bestellt habe«, bemerkte Eva erleichtert.

»Hoffentlich magst du Schnitzel mit Knochen«, sagte Christian dazu.

Eva schaute irritiert, sagte nichts, weil sie nicht verstand, worauf Christian anspielte.

Die Nudelgerichte wurden gebracht, die Unterhaltung brach ab und es wurde mit den Gabeln gewickelt, gestochert und geschaufelt. Kaum waren die Teller des ersten Ganges leer, stellte sie der *cameriere* flink zu einem Turm zusammen und trug sie zur Küche, um kurz darauf mit einer großen silbernen Platte zurückzukehren. Auf der Platte lagen in einem grünen Blätterbett fünf gräulich-bläuliche Fische. Der Teller mit dem *costoletta milanese* wurde von einer jungen Helferin fast schüchtern nachgereicht. Eva machte große Augen, denn das Fleischstück lag einsam ohne Beilage auf dem Teller. Damit bei Eva keine unangenehme Stimmung aufkam, orderte Alfred für sie noch schnell *patatine fritte* nach. Das Fleisch des Fisches war weiß und schmeckte allen vorzüglich. Keine Spur von Öltanker. Nachdem fast alle mit ihrem Hauptgericht fertig waren, setzten die Tischgespräche wieder langsam ein.

»Vielleicht ist er gar nicht aus der Adria?«, sagte Dagmar und deutete mit ihrer Gabel auf das letzte Stück Fisch in ihrem Teller.

»Höchst wahrscheinlich«, warf Felix ein.

»Die werden ihre Fische doch nicht vor der afrikanischen Küste fangen«, meinte Brigitte.

»Eher fangen lassen!«, ergänzte Alfred den Einwand.

»Warum nicht, wir bekommen doch auch die Fische überwiegend aus dem Atlantik«, meinte Felix.

»Aber die kommen gefroren zu uns«, wusste Eva.

»Und der ist nicht gefroren gewesen?«, meinte Christian.

»Glaub' ich nicht, dann wäre er nicht so schnell fertig gewesen. Frische Fische machen viel Arbeit«, sagte Dagmar.

Die Diskussion über diesen und alle anderen Fische der Weltmeere dauerte an, bis nur noch Fischköpfe, Gräten und Zitronenschnitze die Platte schmückten. Der *cameriere*, der sich dezent im Hintergrund gehalten hatte, näherte sich dem Tisch und fragte nach weiteren Bestellungen.

»Dolce, frutta, caffé? Eis, midde Fruchte?«, bemühte sich der *cameriere*.

»Eis, ja, Eis, gelati, für mich!« fast kreischend rief Eva es dem Kellner zu.

Christian nahm Käse: »Un pezzo di Taleggio.«

Die anderen bestellten Kaffee.

Christian musste auf seinen Espresso anschließend alleine trinken, dafür mussten die anderen warten, da er als letzter bedient worden war.

Nicht einmal die etwas hohe Rechnung tat der Stimmung der Gruppe einen Abbruch, als sie das Lokal munter schwatzend verließ.

»Fisch hat eben seinen Preis! Auch am Meer«, meinte Christian.

»Oder gerade!«, lachte Alfred.

»Warum? Eigentlich müsste er doch hier billiger sein!«, meinte Brigitte.

»Oder teurer, weil jeder auch Fisch essen möchte, wenn er am Meer ist«, ergänzte Alfred.

»Ich schlage vor«, meinte Dagmar, »dass wir uns trennen und nicht als Gruppe weiterziehen, da sind wir flexibler.«

Alle zeigten sich mit dem Vorschlag einverstanden.

»Wir sehen uns dann im Hotel wieder«, sagte Felix und fasste Eva bei der Hand und zog sie in eine schmale Gasse, die vor dem Restaurant abzweigte.

Ohne eine Richtung gezielt auszuwählen, teilte sich die Gruppe und verschwand aufgegliedert in der einen oder anderen Gasse, um an deren Ende feststellen zu müssen, dass diese ohne eine Fortsetzung zu haben, an einem Kanal aufhörte und die Gruppe zur Umkehr zwang. Brigitte rechnete schon mit dem Nörgeln von Eva und dem Aufbrausen von Alfred. Aber von Eva kam nichts. Ohne Unmut, eher beschwingt, vielleicht weil der Wein wirkte, bogen sie in eine andere *calle* ein und versuchten in einer anderen Richtung ihr Glück.

Als Alfred und Brigitte wieder ins Hotel zurückkehrten, wurde Alfred vom Rezeptionisten, als er seinen Schlüssel abholen wollte, zurückgerufen.

»Scusi, signore, un attimo. C'e una lettera per Lei.«

Der Rezeptionist entnahm aus dem Fach des Schlüsselbrettes einen weißen Umschlag und überreichte ihn dem etwas erstaunten Gast.

»Woher ist denn der Brief?«

Der Rezeptionist erriet, was Alfred wissen wollte.

»No lo so«, antwortete dieser. »Io nichte wissen. Una donna ha portato la lettera.«

»Danke. Grazie«, sagte Alfred und steckte den Briefumschlag in seine Manteltasche.

Im Zimmer murmelte er: »Merkwürdig. Keine Marke. Kein Absender!«

Er riss den Brief auf und las die wenigen Worte in Druckschrift:

NAEHERES UEBER DEINE TOCHTER BEIM TREFFEN AUF DER INSEL MAZZORBO. MORGEN GEGEN 11 UHR, DORT AM FONDAMENTE NACH LINKS RICHTUNG KIRCHTURM!

»Ich muss noch einmal nach unten zur Rezeption«, sagte Alfred zu Brigitte, die überrascht aus dem Badezimmer den Kopf herausstreckte, der mit einem Handtuch umwickelt war.

Alfred eilte nach unten an die Rezeption.

»Haben Sie einen Fahrplan für die vaporetti? Ich möchte nach Mazzorbo!«

Der Rezeptionist blickte verwundert, zog die Augenbrauen hoch, kramte in Papieren unter seiner Theke und holte ein zusammengefaltetes Papier hervor: *Linee Navigazione Lagunare*

Der Rezeptionist deutete mit dem Zeigefinger auf die Fondamente Nuove, dann quer über die Lagune auf eine Insel gleich neben der bekannten Insel Burano.

»Kann ich den Fahrplan behalten?«

Alfred deutete mit dem Finger auf das Papier und dann auf seine Brust. Der Rezeptionist verstand, nickte und antwortete rasch:

»Si, si certo.«

Alfred nahm das Papier in Empfang, dankte mit einem »Grazie mille«, und orientierte sich auf dem Plan erst vom Bahnhof, dann dem Hotel als Orientierungspunkt festlegend, den Weg zu der Anlegestelle der Boote zu den Inseln der Lagune.

Er stieg wieder die Treppe zu seinem Zimmer hoch und informierte seine Frau über die Notiz und sein Vorhaben, eine Fahrt mit dem *vaporetto* zu unternehmen.

»Alleine!«, wie er betonte.

»Mal sehen, was dabei herauskommt, keine Sorge, ich erzähle dir dann davon«, sagte er.

Einschlafen konnte er lange nicht. Brigitte erging es ebenso, doch sie verhielt sich bewusst still.

Am nächsten Morgen war Alfred schon zeitig wach, obwohl er eine unruhige, fast schlaflose Nacht verbracht hatte. Nervös bereitete er sich auf den Tag vor. Das karge Frühstück schlang er in Eile hinunter. Dann war er schneller wieder auf seinem Zimmer, bevor Brigitte das Frühstück beendet hatte. Alfred nahm seinen Mantel von der Garderobe, den er zum Glück nach Venedig mitgenommen hatte, steckte den zerknitterten Fahrplan in die Tasche und streichelte seiner Frau beim Vorbeigehen über die Wange. Er wusste zu gut, dass sie gerne mitgekommen wäre.

»Wird schon werden«, versuchte er sie zu beruhigen.

»Ich bin ja bald zurück!«

Der Weg durch die Gassen war leicht zu finden und er sah schon das Wasser der Lagune schimmern. Am Kai fiel ihm die Auslage eines Steinmetzgeschäftes auf. Über dem Eingang stand in großen Buchstaben „Marmista": Und er war nicht mehr verwundert, als er die nicht weit entfernte Friedhofsinsel San Michele liegen sah.

»Verdammt viel Aufwand für den Tod treiben die Venezianer«, sinnierte Alfred.

Auffallend war, dass Bildnisse und auch Steinbüsten aus Marmor – wohl für die Reichen – den ehemaligen Papst Johannes XXIII., dem beliebten Patriarchen von Venedig, Angelo Giuseppe Roncalli, zeigten. Er galt bei seiner Papstwahl als typischer Übergangspapst. Mit seinen 77 Jahren rechneten die wenigsten mit einem langen Pontifikat. Die Ankündigung eines Allgemeinen Konzils nach über hundert Jahren galt als eine Sensation. Roncalli, der in der ganzen Welt, vor allem in Venedig größte Sympathien besaß, ging als „Konzilspapst" in die Geschichte ein.

Das Tuten des sich annähernden *vaporetto* und die Rufe der Arbeiter an der Anlegestelle rissen Alfred aus seinen Gedanken, in denen er sich an den Religionsunterricht seiner Kindheit zurückerinnerte.

Das Gedränge an der *stazione fondamente nuove* war groß. Das gut gefüllte geräumige Boot, mit einem gemischten Publikum an Bord, legte in Richtung Burano ab.

Die Fahrt war nicht sehr lang, 35 Minuten, wie er auf seiner Uhr feststellte. Das Boot zog an der ummauerten Friedhofsinsel San Michele vorbei und legte am Haltepunkt der Insel an. Zwei in Schwarz gekleidete Frauen, jede mit einem Blumenstrauß in der Hand, verließen das Boot. Nach dem Ablegen schlängelte es sich mit zwei kurzen Stopps an Murano vorbei, auf Burano zu. Unterwegs querte das Boot den Kanal Scomenzera San Giacomo und passierte die unbewohnte Insel San Giacomo in Paludo und später noch die zweigeteilte, verlassene Insel Madonna del Monte, ehe es am Halt „Mazzorbo" an dieser mehrgliedrigen, flachen Insel anlegte.

Alfred hatte sich im Stadtplan orientiert, welchen Weg er auf der Insel einschlagen müsste, um zu seinem Treffpunkt mit dem unbekannten Schreiber des Briefes zu kommen. Aber das war gar nicht nötig, denn er sah das Lokal schon vom Boot aus. Es lag ganz in der Nähe des Haltepunktes, es war nicht zu verfehlen. Der alleinstehende Kirchturm, der die Insel überragte, war nicht zu übersehen. Einige kleine Tischchen mit Plastikstühlen standen vor dem Eingang. Alfred schritt zielgerichtet auf den Eingang des Lokals zu. Es war um diese Tageszeit noch leer. Die Eingangstüre war abgeschlossen. Er schaute sich nach rechts und links um. Eine Frau kam um die Hausecke. Er war überrascht, auf Gudrun zu treffen, die er von früheren Besuchen in deren Geschäft her kannte, als er seine Frau noch häufiger bei den Einkäufen begleitet hatte.

»Gudrun, du? Du, du hast mir den Brief geschrieben! Warum du, was hast du mir zu sagen? Was weißt du von unserer Tochter?«

Alfred blickte nochmals vor dem Lokal die Fondamente auf und ab.

»Jetzt ist noch nichts los. Das Restaurant öffnet erst nach 12 Uhr. Wir sind hier ungestört«, meinte Gudrun.

Sie setzten sich an ein leeres Tischchen und schauten einige Minuten schweigend auf das Wasser des Kanals.

»Und warum hast du mich gerade hierher bestellt, ans Ende von Venedig?«

»Vor vielen Jahren war ich mehrmals schon hier gewesen, aber das ist wirklich eine Weile her«, erklärte die Frau.

Sie zog einen Umschlag aus ihrer Handtasche und legte ihn vor Alfred auf das Tischchen.

»Was ist da drinnen?«, fragte Alfred

»Sieh nach!«

Alfred fischte einige Fotos aus dem Umschlag. Sofort erkannte er das Gesicht des fotografierten Mädchens: Seine Tochter.

»Was sind das für Fotos und wer hat sie gemacht?«

»Die stammen von Thorsten. Ich habe sie zufällig beim Aufräumen gefunden.«

»Das sind keine normalen Fotos.«

»Wahrlich, das sind …«

Alfred musste schlucken.

»Dazu muss ich noch ein wenig ausholen…. Du weißt Thorsten ist fast 20 Jahre jünger als ich. Wir lernten uns kennen, als er ein Praktikum in meinem Geschäft absolvierte. Es war ein Fehler mich mit ihm einzulassen. Aber so war das halt. Erst mit der Zeit fand ich heraus, dass er sich mit jüngeren Mädchen herumtrieb. Und dass er es mit ihnen trieb.«

»So ein Schwein.«

»Aber das ist noch nicht alles! Er besorgte den Mädchen auch Tabletten. Die habe ich auch einmal gefunden. Verstehst du jetzt den Zusammenhang mit deiner Tochter.«

»Dieses Schwein.«

»Ich könnte ihn umbringen.«

»Dann tu's doch!«

»Dazu fehlt mir der Schneid.«

«Und was willst du jetzt von mir?«

»Erstens musste ich das einmal loswerden, es nagt schon wochenlang in mir, zweitens bin ich in meiner Enttäuschung und Wut so außer Kontrolle, dass ich mich kaum mehr verstellen kann, wenn ich mit ihm in einem Zimmer bin. Er spricht mich schon auf die Veränderung in meinem Verhalten ihm gegenüber an. Wenn mir einer helfen kann, dann bist du es, Alfred!«

»Gut. Wir werden zusammen etwas unternehmen. Nur müssen wir es vorsichtig und schlau angehen. Ich lass' dich nicht hängen!«

Dann schauten beide wieder schweigend auf das Wasser.

»Bleibst du noch zum Essen?«, fragte Gudrun.

»Nein, leider. Mir ist der Appetit vergangen«, entgegnete Alfred.

»Wir haben früher auch hier gegessen, aber das Restaurant öffnet erst um 12.30 Uh«, sagte Gudrun mit einer gewissen Enttäuschung. »Ich verstehe, wenn du rasch wieder zurück willst.«

»Ok. Bis bald«, sagte Alfred stand auf und ging los.

Als Rückweg wählte Alfred den Weg nach Burano. Er überquerte die Holzbrücke, welche die Insel Mazzorbo mit Burano verband. Er hatte keinen Blick für die bunten Häuser, welche den Hauptkanal von Burano säumten. Er suchte die Anlegestelle der Linie 12 und nahm den nächsten *vaporetto* und kehrte ohne sich um die speziellen Erzeugnisse der Insel, die berühmten Klöppelarbeiten und Tischdecken, zu interessieren, ins Hotel zurück. Er berichtete Brigitte von seiner Begegnung mit Gudrun

»Und wir sollen Gudruns Probleme lösen?«, sagte Brigitte mit einer gewissen Enttäuschung.

»Vergiss nicht, wir haben auch noch eine Rechnung offen.«

»Ich muss mit Gudrun reden. Und zwar jetzt gleich. Ich geh' jetzt in ihr Hotel hinüber und sehe nach, ob sie auch schon zurück ist.«

»Sie wollte dort auf der Insel noch zu Mittag essen«, sagte Alfred.

»Das wird sie wohl schon hinter sich gebracht haben«, entgegnete Brigitte. »Wenn nicht, dann warte ich eben. Ich möchte sie keinesfalls verpassen.«

Sie zog sich rasch um und eilte zur Türe.

»Ist das jetzt nicht ein bisschen übereilt?«, wandte Alfred noch ein.

»Nein, es duldet keinen Aufschub«, gab Brigitte bestimmt zurück.

Brigitte ging die wenigen Meter zu Gudruns Hotel am engen Kanal entlang. Gudrun war gerade angekommen.

»Hat er dir alles erzählt?«, fragte sie Brigitte schon in der Lobby des Hotels, obwohl sie schon ahnte, was im bevorstehenden Gespräch das Hauptthema sein würde. Denn es war Gudrun klar, dass Alfred ihr von dem Treffen auf Burano berichtet hatte.

»Ich glaube, ja. Ob es wirklich alles war, weiß ich nicht.«

»Dann komm mit. Dann erzähle ich dir, das, was du noch wissen willst.«

Sie gingen auf das Zimmer von Gudrun und Thorsten.

»Was, wenn Thorsten kommt?«

»Der kommt nicht. Der streift jetzt sicher durch die Gassen. Egal wo der ist, hier oder zu Hause, er ist immer auf der Suche.«

Gudrun wiederholte die wesentlichen Teile ihrer Geschichte.

»Fang jetzt bloß nicht an, mich zu bedauern. Ich weiß, ich bin selber schuld an meiner Situation.«

»Ok. Du hast einen Grund, ich … wir haben auch unsere Gründe. Wir sollten zur Polizei gehen und den Tod von Chiara nochmals untersuchen lassen.«

»Was soll dabei herauskommen? Das würde für zwei – drei Tage Schlagzeilen geben, aber nicht mein Problem lösen. Eine Scheidung würde mich viel Geld kosten und es würde mein Geschäftsimage vernichten.«

»Also keine Polizei. Wir müssen selbst etwas unternehmen.«

Gudrun stand auf, nahm ihren Koffer aus der Ecke und warf ihn mit Schwung auf das Bett. Sie zog den Reißverschluss reihum auf und hob den Deckel an. Sie kramte in der Innentasche und zog eine Pistole hervor.

»Habe ich mit Absicht mit auf die Reise genommen.«

Sie warf die Waffe zwischen dem Koffer und Brigitte auf das Bett.

»Kennst du dich mit so was aus? Ist das Ding geladen«, fragte Brigitte.

»Wenn du den kleinen Hebel hier umlegst, ist sie schussbereit. Habe ich schon einmal in Abgeschiedenheit getestet. Ganz einfach!«

»Und du willst damit …?«

»In Gedanken habe ich das schon oft durchgespielt.«

»Ich muss das mit Alfred bereden, auf was ich mich hier einlasse.«

»Ach, was? Zu zweit können wir uns das zutrauen.«

»Wie kann man zu zweit mit einer Waffe schießen?«

»Einer muss schießen! Einer wird schießen! Es ist letzten Endes egal wer. Die Frage ist nur wo?«

»Hast du schon einmal an ein leeres Gebäude oder an eine verlassene kleine Insel gedacht?«

»Das mit der Insel kostet uns zu viel Zeit, aber wir wären sicher unbeobachtet dort. Nur kennen wir uns in Venedig zu wenig aus.«

»Hier in der Nähe gibt es genügend verlassene Gebäude, das habe ich gestern schon beim Herweg bemerkt.«

»Nur wie bringen wir ihn dort hinein?«

»Da wird uns schon noch etwas einfallen. Da muss uns etwas einfallen.«

»Wo stecken denn Alfred und Brigitte?«, fragte Dagmar.

»Alfred sagte mir, dass sie schon mal vorausgehen. Sie wollten noch einige Kirchen von innen anschauen. Wir wollen uns am Markusplatz wieder treffen.«

»Haben sie gesagt wo genau? Sonst werden wir sie nie finden«, meinte Dagmar.

»Brigitte sagte etwas von einem Café«, schaltete sich Eva in das Gespräch ein.

»Es wird wohl das Café Quadri sein, Alfred hat mir schon davon vorgeschwärmt«, ergänzte Christian.

»Also dann gehen wir auch mal los«!, rief Dagmar den anderen zu.

»Immer in Richtung Markusplatz«, übertönte Eva ihr Gruppenmitglied.

Während des Weges begegneten ihnen im immer dichter werdenden Menschenstrom, die buntesten Masken.

»Mich interessieren vor allem, die traditionellen Masken, die der Commedia dell'Arte«, betonte Christian.

Gerade im Moment bogen sie von einer schmalen Gasse kommend auf einen Platz ein. Dort war ein kleines Podium aufgebaut. Eine Sechsergruppe von Maskierten, in deren Mitte der Arlecchino als Erster zu erkennen war, spielte kleine Szenen auf dieser improvisierten Bühne. Christian war sofort begeistert und hielt die Gruppe vom Weitergehen ab.

»Hier bleiben wir etwas. Da seht ihr etwas Ursprüngliches.«

Der Arlecchino rief:»Eccomi!« — „Da bin ich!" — und trat lautstark in Erscheinung. Er erzählte wohl etwas über den Inhalt der Szene. Seine schwarze Augenmaske verdeckte das Gesicht nur wenig. Er trug eine Art Zweispitz, quer aufgesetzt und eine enganliegende Jacke und eine gleichgemusterte Hose, die aus bunten Flicken, aus roten, gelben und blauen Rhomben bestand. Er führte einen großen Holzspatel, eine *batte*, mit sich.

Christian erklärt:»So einen Slapstick kennt ihr doch aus den alten Stummfilmen, oder?«

Dazu trat dann der Brighella.

Christian fuhr fort:»Der Brighella gehört ebenfalls zu den *zanni* oder den *zanoni*, den Dienerfiguren. Der Name 'Zanni' ist eine Verkleinerung des venezianischen Namens 'Giovanni'.«

Er trug Livreé mit einem Doch am Gürtel. Seine Maske war olivgrün mit schrägen Augenschlitzen, schiefer Nase, schmalem Kinn und einem gezwirbelten Schnurrbart.

»Er ist ein Bösewicht«, erklärte Christian.

»Das sieht man gleich«, sagte Dagmar.

»Der ist auch bestimmt brutal, wie der aussieht«, setzte Eva hinzu.

Der Pagliaccio, der sich dann in die Szene drängte, war in ein übergroßes weißes Gewand gekleidet, trug eine weiße Maske und einen kegelförmigen Hut.

»Er ist das Gegengewicht zu dem teuflischen bösartigen Pulcinella, der mit einer schwarzen Maske auftritt. Der kommt sicher später noch«, erklärte Christian.

»Da! Schaut, die Colombina!«, rief Eva. »Die kenn' ich.«

»Ja. Sie ist meist die einzige Vertreterin des weiblichen Geschlechts in der Commedia«, steuerte Christian bei.

»Eine Frau muss ja wohl auch dabei sein!«, sagte Dagmar.

»Sie verkörpert eine lebenslustige, schelmische Figur in der Commedia dell'Arte«, ergänzte Christian.

»Sie ist komisch, aber nicht immer tugendhaft in der Rolle einer Magd oder Köchin«, sagte Christian augenzwinkernd zu Dagmar.

Eva fiel auf, dass die Colombina als einzige keine Maske trägt.

»Das hast du auch schon bemerkt«, stichelte Felix, der sich bisher allen Kommentaren enthalten hatte, weil er nur langsam Gefallen an dem Hin und Her auf der Bühne fand, obwohl er gerne mehr verstanden hätte.

»Ah, jetzt kommen die wichtigen Herren ins Spiel«, meinte Dagmar und zeigte auf zwei alte Männer, – so waren sie jedenfalls verkleidet, – die bisher auf Stühlen im Hintergrund gesessen hatten.

»Ja. Zu den Vertretern der Oberschicht zählt der Pantalone, ein alter wohlhabender Kaufmann, geizig und meist kränklich. Typisch in seinen schwarzen Mantel gekleidet unter dem sein rotes Wams sowie eine enge rote Strumpfhose zu sehen sind, dazu eine rote Kappe und gelbe Pantoffel. Die Gesichtsmaske zeigt seine bucklige Nase, dazu einen langen Kinnbart.«

»Das sehen wir doch selber!«, sagte Eva frech. Christian ließ sich nicht beirren:

»Der *dottore* mit seiner schwarzen Jacke, weißer Halskrause, einer Kniehose, schwarzen Schnallenschuhen und einer schwarzen Kappe. Er trägt eine schwarze Maske mit einer langgezogenen Hakennase, die früher mit Kräutern zur Pestabwehr gefüllt war. Er tritt manchmal als siebengescheiter Arzt als *dottore della peste* oder auch als besserwisserischer Jurist als *avvocato* auf.«

»Ich glaube wir haben genug gesehen und sind lange herumgestanden. Lasst uns endlich weiterziehen«, meinte Felix schon etwas von den Ausführungen Christians genervt.

»Gut. Dann gehen wir weiter«, lenkte Christian ein.

Eine leichte Empfindlichkeit war dabei herauszuhören.

Bald erreichten sie den Markusplatz.

»Hier findet die Eröffnung des Karnevals immer zehn Tage vor Aschermittwoch statt«, wusste Christian.

Es ist der traditionelle „Flug des Engels", der *Volo dell' Angelo*, der den Karneval in Venedig eröffnet. Am Faschingssonntag verfolgten Tausende Menschen, wie eine als Engel verkleidete junge Frau sich an einem Seil von dem rund 100 Meter hohen *campanile* durch die Luft nach unten schwebt. Der Karnevalsengel streut dabei Konfetti über die Menge, die mit zum Himmel blickenden Gesichtern, den Flug am Drahtseil verfolgen.

»Wie das Christkind in Nürnberg wird jedes Jahr ein anderes Mädchen für diese ehrenvolle Aufgabe gewählt«, wusste Christian.

»Auch eine Möglichkeit eine Karriere zu starten. Man sollte nur keine Angst haben und schwindelfrei sein«, gab Eva ihren Senf dazu.

»Das wäre doch etwas für dich, Eva«. Felix wollte sie reizen.

»Ich weiß nicht, wo man sich da melden muss«. Eva hatte die Bemerkung für bare Münze genommen.

»Ich glaube, da muss man im Rathaus nachfragen«, vergrößerte Dagmar den Spaß.

Für Christian schien, dass der Spaß genug sei. »Vergiss es! Es hieß Mädchen oder junge Frau! Also du bist aus dem Alter heraus.«

»Eigentlich schade!«, dann verstummte das lustige Zwiegespräch.

Die Masken hier waren fantasievoll und durch ihre Ausstattung besonders anziehend. Sie traten als Paare oder als Einzelmaskierte auf. Oft konnte man nur an der Körpergröße und an der kräftigeren Gestalt erkennen, ob man eine Frau oder einen Mann vor sich hatte. Viele der Paare trugen ein identisches Kostüm, andere unterschieden sich in unterschiedlichen, aber passenden Kostümkombinationen. In Gold und Silber gekleidete Masken symbolisierten Sonne und Mond. Masken, die sich in farbige Schleier eingehüllt hatten mit aufgetürmten Kopfbedeckungen flanierten von der Piazetta zur Mole und die Riva degli Schiavoni entlang. Alles verlief äußerst ruhig gemessenen Schrittes, so dass die Fotografen, welche die attraktivsten Masken umschwärmten, keine Mühe hatten, sie zu fotografieren.

Es waren auch hier im venezianischen Zentrum Masken unterwegs, welche die *bautta* trugen, die weiße Maske mit dem vorgewölbten Kinn. Sie ermöglichte es dem Träger zu essen und zu trinken, ohne die Maske abnehmen zu müssen, was eventuell die Preisgabe der Identität seines Trägers gefährdete. Manche Masken bedeckten die Mundpartie mit einem Spitzentüchlein, das den Zugang zum Mund für das Essen und Trinken vereinfachte.

Eine Maske, die auf die Epidemien des Mittelalters zurückverweist, ist die langnasige Pestmaske. Sie wurde in diesen Zeiten von Ärzten benutzt, die Pflanzen und Kräuter dort drinnen verborgen hatten, um eine Ansteckung durch Pestkranke zu vermeiden.

Die ovale Gesichtsmaske, *volto* genannt, verdeckt das ganze Gesicht und war bei der einfachen Bevölkerung beliebt. Diese Modelle, ganz in Weiß oder golden wirken zumeist etwas starr, gerade dies macht aber ihren Reiz aus.

Es waren auch Einzeldarsteller im Maskengewand unterwegs, besonders auffallend gekleidet mit weiten bunten Gewändern und großen Kopfbedeckungen. Auffällig lehnte ein ganz in Weiß gekleideter Mann mit einer weiten Halskrause an einer bronzenen Lampensäule. Er bewegte sich über viele Minuten nicht und stand regungslos den bewundernden Besuchern und Fotografen gegenüber.

»Manchmal ziehen die ruhigen, erstarrten Masken die Fotografen mehr an als ein herumhüpfendes Paar«, sagte Dagmar und blieb auch einige Minuten wie eingefroren gegenüber dem Maskenträger stehen.

»Ich glaube, im Moment habe ich, genug, ich meine, die Masken und das Gedränge um mich herum«, sagte Felix, der zum Rückweg drängte.

»Am Abend müssen wir auf alle Fälle nochmals hier her!«, meinte Dagmar.

»Aber dann ziehen wir auch etwas an, eine Maskerade, meine ich!«, sagten übereinstimmend die anderen.

»Wir bleiben noch eine Weile im Zentrum«, sagte Uschi zu den anderen der Gruppe.

»Wir würden noch gerne in den Dogenpalast gehen«, ergänzte Werner.

Da kein Widerspruch von den anderen kam, machten sie sich auf den Weg zum Eingang des Gebäudes.

Dort in dem alten Palast wurden sie durch die Säle geführt, die in ihrer Pracht beeindruckend waren.

In der *Sala del Maggior Consiglio*, der Sitzungssaal des Großen Rates, der mit einer Länge von 54 Metern und einer Breite von 25 Metern tausend Menschen fassen konnte, zeigt an seiner Stirnwand das größte Ölgemälde der Welt mit einer Größe von zweiundzwanzig mal sieben Meter die „Krönung Mariens im Paradies" aus dem Ende des 16. Jahrhunderts, ein Hauptwerk von Jacopo Tintoretto. Im Fries über den Gemälden an den Seiten erkennt man die Bildnisse von 76 Dogen von Jacopo und Domenico Tintoretto. Eine Besonderheit ist eine übermalte Stelle.

Werner hatte sich die Inschrift in seinem Reiseführer angemerkt:

    HIC EST LOCUS MARINU FALETRI
    DECAPITATO PRO CRIMINIBUS

(Hier ist die Stelle des wegen Verbrechen enthaupteten Marino Faliero).

Er war der 55. Doge von Venedig. Der Vermerk wurde an dieser Stelle nach seinem Tod von Tintoretto angebracht, auch ein Zeichen für die condamnatio memoriae, die Auslöschung der Erinnerung, des Dogen. Das bereits vorhandene Gemälde soll mit dem schwarzen Banner mit der weißen Inschrift versehen worden sein, das sich an Stelle des Dogenporträts für Marino Faliero vorgesehenen Platz in der Galerie der Dogenbilder befindet.

Der Imbiss am frühen Abend, keiner hatte schon richtigen Appetit, bestand aus *tramezzini* und *vino bianco* an der Bar gleich bei San Silvestro, auf dem Weg vom Hotel zum Rialto. Alle wollten möglichst rasch zum Markusplatz. Der Weg über die Brücke war der kürzeste Weg zum Markusplatz, denn am Nachmittag hatte der *vaporetto* einen viel längeren Weg in der Schlangenlinie des großen Kanals nehmen müssen.

Das Gedränge auf der Brücke war fürchterlich. Man konnte kaum selbst bestimmen, wohin man ging, man wurde in der Masse durch die Masse getrieben. Auf der einen Seite wurde man den Brückenbogen hinaufgeschoben, auf der anderen bekam man unabsichtliche Tritte in die Hacken auf dem Weg hinab. Auf der anderen Seite angekommen, musste man wie in einem Fischschwarm die Richtung beibehalten, die von der Masse eingeschlagen worden war.

Alfred hatte sich das Aussehen des Mannes und dessen olivgrüne Jacke genau gemerkt, der sich, als er seiner Verfolgung gewahr wurde, sich nach einem Weg suchend, umherschaute. Er versuchte, sich in eine Gasse zu flüchten, an deren Ende vor dem Hauptkanal keine Menschen zu sehen waren. Längst hatte Alfred auf dem Weg der Verfolgung den Kontakt zu den anderen der Gruppe verloren. Er versuchte, weiter in der Gasse vordringend, sich vor- und zurückblickend eine Orientierung zu verschaffen. Er hielt an.

»Vielleicht wurden die anderen auch noch hierher gespült, wenn sie nicht schon vorbeigedrängt worden sind«, dachte er.

Hier waren kaum Menschen, nur einige Masken. Nicht auffällig, eher schlicht, fast abgerissen und zerlumpt. Er befand sich jetzt bis auf wenige Schritte hinter dem Verfolgten. Als dieser anhielt und sich umwandte, irritierte ihn der Blick, der ihm aus der Maske entgegen kam.

»Vielleicht liegt es daran, dass durch die Unbeweglichkeit der Maske auch der Blick sich verändert oder liegt es daran, dass der Maskierte einen eingegrenzten Blickwinkel hat, wenn er durch den Sehschlitz der Maske nach draußen blickt und so sein Blick starr ausgerichtet wird?«, sagte Alfred zu sich selbst.

Für diese Gedanken verstrichen nur Sekundenbruchteile. Alfred wollte die Gelegenheit, den Mann so nahe vor sich zu haben, ausnutzen. Er dachte nur an das Messer, das er verkrampft umklammert hielt und an die Körperstelle wohin er zielen musste.

Er führte den Stich gerade nach vorne aus, aber ohne Vorwarnung. Es war mehr die Verwunderung und die Überraschung als der Schmerz, die den Mann zusammenzucken ließ. Dann ging seine Hand reflexartig zur Stelle des Einstichs. Er drehte sich zur Seite, suchte einen Halt. Wäre es nicht am Ende dieser kleinen Gasse passiert, hätte er ein Ausweichen versuchen können, so blockierte Alfred, der sich vor ihm breit gemacht hatte, den schwach unternommenen Versuch. Die Hand, die nach Abstützung suchend einen festen Halt in der Umgebung greifen wollte, zog einen blutigen, fünfspurigen Streifen, der an der ziegelfarbenen Wand nach unten hin dünner wurde und verblasste. Er fiel auf die Seite, rollte dann auf den Rücken, machte noch einige unkoordinierte Bewegungen mit dem linken Arm und atmete schwer. Die Maske war ihm am Kopf verrutscht und gab einen Teil des Gesichts frei, in dem das sichtbare Auge starr in den abendblauen Himmel gerichtet war.

Eine lärmende Schar, alle als verkleidete rote Teufel maskiert mit dreizackigen Gabeln in den Händen und rotbemalten Gesichtern, war in die Sackgasse hereingestürmt und beugte sich in einem Halbkreis über den am Boden Liegenden und den daneben knienden Alfred, der das Messer unter den Körper des Opfers geschoben hatte. Die „Teufelchen" begannen in einer fremden Sprache wild zu diskutieren und ihre Zusammenballung ermöglichte Alfred, sich an der Mauer entlang langsam aus der Ansammlung zu lösen und sich dem Eingang des Gässchens zuzuwenden. Schnell tauchte er um die nächste Ecke, ohne auf die Rufe von zweien der „Teufelchen" zu hören. Er befand sich wieder im Hauptstrom der verkleideten Menschen, die ihn mit sich trieb.

Erst nach einer Weile merkten die einzelnen der Gruppe, die durch die Masse der Menschen fast auseinander gesprengt wurde, dass sie nicht mehr vollzählig waren.

»Alfred fehlt!«, rief Eva den anderen zu. Langsam blieben sie stehen und sammelten sich in einer Platzecke.

»Wenn wir hier auf ihn warten wollen, wird das nichts nützen. Wir wissen ja nicht einmal in welche Richtung er abgetrieben wurde«, meinte Christian.

»Dann werden wir ihn sicher im Hotel wieder treffen. Hier zu warten bringt nichts«, sagte Felix.

Brigitte war beunruhigt und zeigte ihre Verunsicherung:

»Wir wollten doch zusammen bleiben!«

»Ist bei diesem Gedränge für eine Gruppe fast unmöglich«, warf Felix ein. »Im Hotel sind wir wieder alle beisammen. Ich wette!«

Alfred betrat das Foyer des Hotels allein in einer ungewohnten Hast. Er blickte irritiert suchend in die linke und rechte Ecke der Lobby. Dann sah er Brigitte hinten alleine an einem Tischchen sitzen. Sie blätterte in einem deutschen Journal und bemerkte Alfred erst, als er vor ihr stand. Sie bemerkte sofort seine Unruhe an ihm. Er der sonst die Ruhe selbst war. Er sagte nur: »Komm!« und wies mit einer Kopfdrehung auf den Aufzug. Brigitte wusste instinktiv, dass ein Zögern die Situation zum Explodieren bringen könnte und legte ihre Zeitschrift auf einen kleinen Stapel zurück, erhob sich rasch und folgte Alfred zum Aufzug nach.

Auf der Etage ihres Zimmers, den Schlüssel hatte sie, ohne Zeit zu verlieren, bereits in der Hand, schloss sie vorangehend die Tür auf. Alfred stürmte geradezu an ihr vorbei und eilte in das Badezimmer. Er schaufelte sich Wasser ins Gesicht betrachtete es ungläubig.

»Was ist los? Red' schon!«, drängte Brigitte.

»Ich hab' einen Mann... einfach eine Verwechslung!«

»Wen hast du verwechselt und was ist das für ein Mann?«

»Ich dachte, es wäre das Schwein, aber er war es nicht. Ich muss ihn bei der Verfolgung verloren und dann mit einem anderen verwechselt haben«, schnaufte Alfred.

»Was ist passiert?«, Brigitte drängte weiter.

»Ich hab' auf ihn eingestochen. Aber nur einmal.«

Alfred atmete tief.

»Und dann?«, fragte Brigitte voller Ungeduld.

»Er rutschte auf den Boden, dabei hat sich seine Maske verschoben. Ich bin erschrocken, denn er trug auf der Oberlippe einen Bart.«

»Ach, Gott!« Brigitte erschrak.

»Dabei hat das Schwein gar keinen Bart«, schnaufte Alfred.

»Und dann? Weiter!« Brigittes Augen weiteten sich.

»Als ich mich über ihn gebeugt hatte, wurden wir beide von einer maskierten Schar umring, die neugierig ihre Köpfe über den Mann und mich zusammensteckten. Schnell machte ich mich davon. Zum Glück war ich maskiert, so wie zahllose andere Menschen auf der Straße«, beschrieb Alfred kurz das Geschehene.

»Wir müssen wieder mit den anderen losziehen. Es darf uns keiner etwas anmerken, sonst sind wir aufgeschmissen«, sagte Brigitte in einer ungewohnt kühlen Stimme.

Am Abend wollte sich die Gruppe zu einem Imbiss wieder treffen. Brigitte und Alfred, die schon alleine losgezogen waren, zeigten merkwürdigerweise kein Interesse für die fantasievollen Masken und den auffälligen, bunten Kleidern, die ihnen auf dem Weg entlang der Kanäle begegneten. Auch äußerten sie kein Interesse jetzt Essen zu gehen. Dafür hatten sie jetzt keinen Gedanken mehr frei. Sie hatten einen Besichtigungsgrund genannt und gemeint, man könne sich ja später auf der Piazza wieder treffen.

»Die haben eine Vorstellung. Glauben die an Wunder bei diesem Gewühle!«, hatte Eva noch gespottet.

Nervös und halblaut besprachen Brigitte und Alfred auf ihrem Weg zu zweit ihr weiteres Vorgehen. Sie setzten sich in die Ecke eines Cafés, das gerade auf ihrem Weg lag und bestellten Espresso und eine kleine Flasche Mineralwasser.

»Was wir angefangen haben, müssen wir hier zu Ende bringen. Genau hier in Venedig. Kein anderer Ort ist dazu geeigneter als dieser jetzt.«

»Ja, aber diesmal darf nichts daneben gehen.«

»Nur wie sollen wir es anstellen? Es bleibt uns nicht mehr viel Zeit.«

»Vielleicht können wir uns mit ihm an einem abgelegenen Ort verabreden?«

»Ja, wo denn, wir kennen uns hier nicht so gut aus wie zu Hause.«

»Ich habe gestern einen älteren Palazzo gesehen, der mir für geeignet erscheint. Er steht nach meinem Dafürhalten leer. Man müsste nur sehen, wie man hinein kommt.«

»Dann gehen wir dort einmal vorbei und kundschaften das Gebäude aus.«

»Jetzt gleich?«

»Ja, jetzt gleich!«

»Die anderen werden auf uns warten.«

»Ja, und. Wir sagen wir sind an irgendeiner Ecke hängengeblieben. Ein Maskengeschäft oder so etwas Ähnliches.«

»Gut. Dann los.«

Sie bezahlten die wenigen Getränke an der Theke. Die Rechnung kam Alfred etwas überhöht vor, aber er wollte sich nicht auf eine Diskussion mit dem *barista* einlassen.

Sie begaben sich schnurstracks in die Gasse, die den rückwärtigen Teil des alten Palazzo zeigte. Hier waren Bretter, die den Eingang verwehrten, nur sehr oberflächlich und relativ lose befestigt.

»Entweder gehen hier Handwerker oder spielende Kinder ein und aus. Die Verbarrikadierung ist leicht zu überwinden.«

»Sehen wir einfach nach!«

Alfred rückte ein breites Brett zur Seite, so dass ein Durchschlüpfen möglich wurde.

»Drinnen sind wir jetzt schon einmal«, bemerkte Brigitte.

»Ich denke das ist bereits die große Halle, die fast jeder Palazzo aufweist. Hier wurden die Waren, mit denen die Besitzer handelten von der Kanalseite hergeschafft und hier zwischengelagert.«

Jetzt war das große Untergeschoß leer. Es standen nur Geräte, Werkzeuge und Baumaterialien herum. Eine breite Treppe führte an der Seite des Raumes in den oberen Stock hinauf.

»Das ist ein festlicher Raum, der leider nun ohne Möblierung nicht so festlich wirkt, wie er einst Besucher und Gäste beeindruckt hatte.«

Brigitte zog es sofort an die große Fensterfront des Saales.

»Bleib bloß vom Fenster weg. Wenn uns jemand von der anderen Kanalseite sieht, sind wir verraten.«

»Ich schau nur seitlich hinaus. Dort drüben ist jedenfalls niemand zu sehen.«

»Geh nur nicht auf den Balkon hinaus!«, warnte Alfred.

»Keine Bange, ich bleib verdeckt zwischen den Fenstern.«

Brigitte trat wieder in den Raum zurück und sah seitlich Türen, die von dem Saal abgingen.

»Mal nachsehen, was sich dort verbirgt«, sagte Alfred und öffnete eine hohe Türe, die Dreiviertel der Raumhöhe erreichte.

»Auch leer«, stellte Alfred fest, nachdem er einen Blick hineingeworfen hatte.

Alfred probierte eine andere Türe, hinter der dort im Raum einige ausrangierte Möbel abgestellt waren. Ein Paravent, dreigliedrig und schön bemalt, verdeckte eine Ecke des Raumes.

»Ich weiß nicht, wofür wir den verwenden könnten«, meinte Alfred?

»Alle Räume sind völlig leer, aber dahinter könnte man sich verstecken.«

»Ja, gut. Du denkst schon weiter.«

»Wenn ich mit Gudrun hier auftauche, wittert Thorsten sofort, dass es kein normales Treffen sein würde. Wenn einer allein ist, dann denkt er weniger an eine Gefahr, die ihn bedrohen könnte«, versicherte Brigitte.

Sie begaben sich wieder in das Untergeschoß, inspizierten die desolate Bretterportal an der Kanalseite. Alfred holte sein Schweizer Messer, das er stets bei sich trug, aus der Hosentasche, klappte die Klinge mit dem Schraubendreher auf und lockerte die vier Schrauben, welche die Befestigung der Türe mit einem Bügel jetzt nur noch lose hielt.

»Jetzt kommt man auch von der Kanalseite leicht herein,« sagte er und klappte sein praktisches Instrument wieder zusammen.

»Wir sollten uns den Palazzo von der Kanalseite anschauen.«

Der Palazzo lag an einem Nebenkanal. Eine kleine Brücke ließ sie auf die andere Kanalseite gelangen.

»Wir haben Glück. Der *Canal grande* weist nur drei Brücken auf. Da hätten wir einen langen Umweg machen müssen, um einen Blick von der anderen Seite auf die Schaufront des Palazzos werfen zu können.«

»Man könnte hier mit einem Boot anlegen«, bemerkte Brigitte.

»Aber wie kommt man von dort aus in den Palazzo?«

»Schau doch genau hin! Dort ist die Türe, an der wir vorhin innen gestanden sind.«

»Eine vorteilhafte Türe für uns!«

»Besser hätten wir es gar nicht treffen können.«

»Wir lassen uns von einem Gondoliere einfach heranrudern und verschwinden dann auf der Landseite.«

»Er wird uns ohnehin nur als Maskierte beschreiben können.«

Alfred und Brigitte kehrten nach ihren Erkundigungen wieder in ihr Hotel zurück. Sie hatten das Treffen mit den anderen auf der Piazza vergessen oder aus ihren Gedanken verdrängt.

Am Abend saß noch eine kleine Gruppe in der Lobby des Hotels und ließ das Geschehen des Tages Revue passieren.

Alfred, Christian, Dagmar, Eva, Felix, Uschi und Werner erzählten sich gegenseitig ihre Erlebnisse.

»Wollen wir nicht warten, bis Brigitte da ist?«, fragte Dagmar in die Runde.

»Nicht nötig. Brigitte ist ins Hotel „Al Sole" zu Gudrun, die haben anscheinend etwas zu besprechen«, beruhigte Alfred den Kreis. »Wahrscheinlich Frauenthemen!«, ergänzte er.

»Merkwürdig, dass wir hier im Hotel Falier sitzen«, sagte Uschi.

»Was ist da dran merkwürdig?«, fragte Eva neugierig.

»Da wir heute im Dogenpalast die Geschichte von dem Dogen erfahren haben, dessen Namen dieses Hotel trägt«, sagte Uschi.

»Was war das für ein Doge?«, wollte Eva wissen.

»Mariano Falier. Man hat ihm den Kopf abgeschlagen«, sagte Uschi.

»Mit so einer Scheußlichkeit beginnst du den gemütlichen Abend«, empörte sich Eva.

»Soll früher vorgekommen sein«, sagte Werner trocken.

»Was war genau geschehen?«, wollte nun Felix wissen.

»Er wurde beschuldigt, einen Umsturz geplant zu haben«, erklärte Werner.

»Das war doch früher nichts Neues«, meinte Felix klug.

»In Venedig schon, denn die Venezianer waren schon aufgrund ihrer Verfassung streng darauf aus, dass keiner zu viel Macht besaß«, führte Werner aus.

»Christian kann euch sicher mehr darüber erzählen«, sagte Dagmar und blickte Christian erwartungsvoll an.

»Da muss ich aber weit ausholen!«, warnte Christian lächelnd die Runde.

»Das tust du doch gerne«, wollte Eva ihn reizen.

»Also über den Dogen Falier gibt es die unterschiedlichsten Geschichten. Wichtig ist zu wissen, dass die Venezianer eine hochkomplizierte Verfassung hatten, die natürlich die Oberschicht bevorzugte, aber dort die Macht auf viele und jedenfalls nicht dauerhaft verteilte.«

»Im Mittelalter eine Selbstverständlichkeit«, setzte Werner hinzu.

»Daher wurden überwiegend ältere oder alte Männer in das Amt des Dogen gewählt. Es war ohnehin das einzige Amt, das auf die Zeit des ganzen Lebens angelegt war«, fuhr Christian fort.

»Daher wurden immer die Alten bevorzugt«. Eva mischte sich ein.

»Nicht nur. Auch die Lebenserfahrung war ein wichtiges Argument, auch wenn der Doge unter strengen Regularien regierte. Er hatte pro forma eine äußerst machtvolle Position inne, doch war er genau genommen an Versprechungen, die er vor seiner Wahl machen musste, gebunden«.

Christian war nun in seinem Element.

»Was waren das für Einschränkungen?«, wollte Werner wissen.

»Der Doge durfte nichts entscheiden, nichts tun ohne einen gewählten Beraterkreis von *consiglieri*, der de facto mächtiger war, als er als das Staatsoberhaupt. Diese "Promissioni" waren heilige Eide, vieles nicht zu tun. Zum Beispiel: keine Gespräche mit Amtsträgern zu führen, wenn nicht mindestens vier *consiglieri* dabei sind, keine Briefe zu schreiben ohne Zustimmung der Berater, später sogar: Keine Meinungen zu äußern, ohne vorher die *consiglieri* gefragt zu haben, nicht ohne offizielle Ge-

nehmigung in der Stadt umherzugehen, keine Dankes-
bezeugungen adliger Familien anzunehmen, erst recht
natürlich keine Geschenke. Damit er es nicht vergisst,
musste der Doge sich die *promissioni* einmal im Jahr
laut vorlesen lassen, später sogar alle zwei Monate.«

Alle hatten Christian aufmerksam zugehört.

»Der Doge war also nur scheinbar machtvoll, eigentlich nur eine Marionette«, sagte Alfred.

»Als Marino Falier Doge wurde war er bereits 80 Jahre alt und hatte schon eine lange politische Laufbahn als
Gesandter, General, Admiral und Befehlshaber in verschiedenen Städten hinter sich. Seine Familie gehörte
zu den ältesten Venedigs, die bereits zwei Dogen her-
vorgebracht hatte. Auf geschäftlichem Gebiet hatte er es
durch Handel zu einem großen Vermögen gebracht.
Marino Falier wurde in schwierigen Zeiten zum Dogen
gewählt. Konflikte mit Genua, die in der Seeschlacht von
Portolongo 1354 gipfelten, in der die genuesische Flotte unter Paganino Doria von der venezianischen Flotte
unter Niccolò Pisani 35 Galeeren eroberte und 5 000
Gefangene im Hafen von Sapienza oder Portolongo
machte. Die regierenden Patrizier wurden dafür verant-
wortlich gemacht. Der Handel stagnierte, die Staatsfi-
nanzen standen schlecht, durch die Pest war ein Bevöl-
kerungsrückgang eingetreten, der mit Migranten aufge-
füllt worden war.«

Christian war nicht mehr zu stoppen.

»Was brachte so einen Menschen dazu, nach weiteren Zielen zu streben? Wollte er es anderen Männern
gleich tun, eine Herrscherposition einzunehmen, um sich
selbst zum Fürsten zu erheben, möglicherweise ange-

regt durch das Vorbild anderer oberitalienischer Familien, wie die Scaliger in Verona und die Malatesta in Rimini, Pesaro und Cesena und den Visconti in Mailand?« Christian blickte erwartungsvoll in die Runde.

»In dem Alter hätte er sich den Stress nicht mehr antun müssen«, sagte Felix.

»Ein interessantes Detail, das in dem Zusammenhang gerne erzählt wird und als böses Vorzeichen angesehen wurde, war dass der *bucintoro*, das Staatsschiff, das den Dogen nach seiner Wahl nach Venedig brachte, vermutlich wegen dichten Nebels am 5. Oktober in der Mitte der Mole von San Marco anlegte, so dass um den kürzesten Weg zum Palast zu nehmen, der Doge mit seinem Gefolge zwischen den beiden Säulen — die mit dem Löwen von San Marco und dem Hl. Teodoro — hindurch schreiten musste, worüber ich euch schon etwas erzählt habe«, erweiterte Christian seinen Bericht.

»Wir haben bisher noch nichts von der Verschwörung gehört!«, drängte Werner.

»Ja. Kommen wir zum Kern der Geschichte«, gab Christian Werner Recht.

»Entschuldigt mich für einen Augenblick, ich bin gleich wieder zurück«, sagte Christian und verließ die Lobby, um kurz darauf mit einem alten Buch zurückzukehren.

»Ah, jetzt kommt das Buch zum Einsatz, das du erst gekauft hast«, sagte Dagmar.

»Das Folgende kann ich nur aus dem Buch wiedergeben, wie der schicksalshafte Verlauf für Marino Falier begann:

Marino Falier hatte eine junge Frau, vielleicht zu jung für sein Alter, die sich gerne umschwärmen ließ.

Junge Männer aus adeligem Hause hatten unflätige und unzüchtige Verse im *Saal der Camini del Doge* hinterlassen und mit unanständigen Zeichnungen ergänzt.

Il Dose Falier da la bella moier.
Altri la galde e luì la mantien.

Was so viel bedeutet wie:

Doge Falier, der die schöne Frau hat.
Andere genießen sie, und er unterhält sie.

Das Urteil fiel sehr mild für Micaletto Steno aus, der Rädelsführer wurde bloß zu einer Haft von zehn Tagen verurteilt. Die Täter kamen in den Augen von Falier zu glimpflich davon. Darüber war der Doge höchst verärgert, den die Rachgier so entflammte, dass er von einer Ungerechtigkeit sprach, welche die Adeligen schonte. Er fing an, alle Verwandten des Steno zu verfolgen und sein Hass breitete sich nach und nach über alle Großen der Stadt aus, die seinen Absichten im Wege standen. Interessanterweise wurde der Haupttäter, Micaletto Steno, später sogar auch Doge.«

»Der engere Auslöser war wohl eine handgreifliche Auseinandersetzung zwischen dem Adeligen Giovanni Dandolo, im Rang eines Galeerenkommandanten, und Bertuccio Isarello, einem wohlhabenden Schiffseigentümer. Als ihm dieser erfahrene Seemann, der unter dem Pöbel einen außerordentlichen Anhang hatte, die Unmöglichkeit einer Sache vorstellte, erhitzte sich Dandolo so sehr, dass er dem guten Mann in das Gesicht schlug. Dieser war nicht gesonnen, die Beleidigung zu ertragen. Er rottete sich mit einer Bande zusammen, spazierte in ihrem Gefolge auf der Piazetta, am fürstlichen Palast auf und ab, und trachtete dem Dandolo nach dem Leben. Der bedrohte Edelmann suchte Sicherheit, wandte sich an den Dogen und die Signoria, stellte ihnen seine und aller Edelleute Gefahr vor, wenn es erlaubt wäre, einem Edelmann öffentlich nach dem Leben zu stellen. Der Doge und seine Räte beriefen den Bertuccio gleich vor das Kollegium, und Falier gab ihm einen sehr ernsten Verweis.

Der Admiral ging murrend davon, und beratschlagte sich mit seinen Gefährten, was jetzt zu tun wäre. Er wurde aber bald aus seiner Verstimmung herausgezogen, als ihm der Doge einen seiner Diener zuschickte, der ihn zu sich auf sein Zimmer berief. Als sie beisammen waren, entdeckte ihm der Doge seinen geheimen Groll, und erhitzte den Bertuccio noch mehr. Bertuccio begriff die Absicht des Dogen. „Unterstützen Sie mich, Durchlauchtigster", sagte er, „so will ich die gewalttätigen Tyrannen schon zähmen. Sie sollen Souverän von Venedig werden; dann werden Sie ihre eigene und meine Beschimpfung rächen." Falier versprach ihm alles, und entwarf mit ihm den Plan der Verschwörung wider die Adeligen.

Obwohl er eine Gruppe von zwanzig Personen angeworben hatte, vertraute Bertuccio doch nur dem Stefano Trevisano, einem Schiffspatron, dem Filippo Calandario, Schwiegervater von Bertuccio Isarello, Steinmetz, Bildhauer, dem Antonio Dalebinder, einem Deutschen, und dem Nicoletto Dono. Er sagte ihnen, dass der Doge von der Sache wüsste und sie unterstütze.

Indessen fuhren sie fort, das Volk in Aufruhr zu bringen, und erfanden eine boshafte List. In finsterer Nacht pochten sie an den Häusern einiger vom Pöbel an, und als man fragte, wer da wäre, so schrien sie laut, man sollte sie einlassen, sie wollten zu ihrer Frau oder Tochter. Sie gaben sich Namen der Edelleute, sie zischten, und riefen sich selbst mit den Namen der vornehmsten adeligen Häuser zu, so, dass jedermann glaubte, sie wären es wirklich, und sich über den Adel ärgerten.

Nachdem sie glaubten, dass nun alles zur Ausführung bereit sei, berief der Doge den Nikolaus Cucholo, einen reichen Kaufmann von Venedig, seinen vertrauten Freund, und die andern zu sich, und nahm mit ihnen die Verabredung vor, fünfzehn von ihnen sollten am 15. April die Nachricht ausbreiten, die genuesische Flotte sei den Lagunen nahe. In der Nacht sollten sie die Hauptglocke auf dem Turm des Hl. Markus läuten, und die Stadt zur ausgedachten Verteidigung aufrufen. Auf dieses gegebene Zeichen sollten die Verschworenen sich versammeln, den Markusplatz besetzen, und so dann von den Hauptplätzen der Stadt Besitz nehmen, die angesehensten Adeligen ermorden, und den Dogen als Souverän von Venedig ausrufen.

Alles blieb unentdeckt, bis die Freundschaft eines Einzigen der Verschworenen für einen vom Rat der Zehn die Sache entdeckte. Beltrand, ein Pelzhändler aus Pisa, den andere auch Bential nennen, hatte unter den Zehn den Nikolaus Leoni zum Freund und Gevatter. Zu diesem schlich er sich den vierzehnten in der Dämmerung, und bat sich die Erlaubnis aus, mit ihm allein zu sprechen.

Nachdem er ihn inständig ersucht hatte, das strengste Stillschweigen zu halten, so bat er ihn, diese Nacht nicht aus dem Haus zu gehen, es möchte auch geschehen, was da wolle. Leoni, dem die Sache ohnedies schon verdächtig schien, bat ihn, die Ursache zu sagen, und erfuhr von ihm unter den heiligsten Versicherungen seines Schutzes, den ganzen Anschlag der Verschwörung, und den Anteil, den der Doge daran hätte, auch die Zeit, wenn die Ermordung der Adeligen geschehen sollte. Sobald er dieses wusste, so ließ er den Beltrand, unter allerhand Vorwänden, nicht mehr aus seinem Haus, gab seinen Dienern den strengen Befehl, ihn nicht entwischen zu lassen. Er selbst kleidete sich unverzüglich an, und begab sich zu Johannes Gradenigo, dessen Eifer für die Erhaltung der Stadt ihm bekannt war. Beide eilten zu Marcus Cornaro, und kehrten in das Haus des Leoni zurück, wo sie in der größten Stille den Rat der Zehn nach San Salvator beriefen, weil sie in dem fürstlichen Palaste sich nicht mehr sicher glaubten.

Nun versammelten sich die Zehn in dem Palast, den sie mit ausreichender Mannschaft besetzen ließen, damit ihnen der Doge selbst nicht entgehen könnte. Zum schrecklichen Beispiel für alle anderen wurde noch in der Nacht das Todesurteil über sie gefällt; sie wurden erdrosselt, und am Strange auf dem kleinen Platz zur Seite des Palasts am Stricke zu den Fenstern dem Ort gerade gegenüber herabgelassen, wo sonst der Doge den Feierlichkeiten zuzuschauen pflegte. Innerhalb acht Tagen hatte man über vierhundert Personen entdeckt, die an der Verschwörung Anteil hatten. Da man allzu viele und klare Beweise in Händen hatte, dass der Doge den größten Anteil an der Verschwörung hatte, so kamen die Zehn darin überein, dass man den Dogen strafen müsste.

Diese Richter beriefen den Dogen vor sich, den doch wohl das Gewissen und die Furcht indessen martern mussten, da er sich von allen Seiten eingeschlossen, und seine Vertrauten durch den Strang hingerichtet, wusste. In seiner gewöhnlichen Hauskleidung erschien er vor seinen Halsrichtern, und wurde so überzeugt, dass er den Anteil an der Verschwörung, und die Absichten derselben nicht leugnen konnte. Man führte ihn zurück, und beratschlagte über die Strafe. Das Standrecht wurde ohne große Feierlichkeiten gehalten, und der Doge zum Tode verurteilt. Sie ließen auch unverzüglich alle Zugänge zum Palast besetzen, und den Dogen in seinen Zimmern einschließen.

Nachdem man sich die ganze Nacht über mit Hinrichtungen beschäftigt hatte, musste am 14. September früh das Blut des Fürsten fließen. Die Tore des Palastes waren immer geschlossen, die Häupter der Zehn kamen in sein Zimmer, verkündigten ihm das Todesurteil, nahmen ihm das Horn oder die fürstliche Mütze ab, ließen ihm aber die anderen Talarkleider am Leibe.

Hierauf wurde er von den Zehn selbst auf die sogenannte Riesentreppe im Palast geführt, wo einem Dogen normalerweise die Krone aufgesetzt wurde, und ihm der Kopf abgeschlagen, der über die Treppe hinab sprang. Mit dem blutenden Schwert zeigte sich das Haupt der Zehn auf der Tribüne, die aus dem großen Rat auf die

Piazzetta geht, und schrie: „Nun ist der Verräter des Vaterlandes hingerichtet."«

Christian machte eine lange Pause.

»Was hat diesen alten Deppen geritten, dieses komplizierte Staatsgebilde, an deren Spitze er selbst stand, umstürzen zu wollen?« Eva war durch den Vortrag von Christian ganz in Aufregung geraten.

»Wir wissen es heute nicht! War es beginnender Altersstarrsinn oder ein Machtrausch, von dem dieser Greis ergriffen wurde?«

Ein junger Kellner brachte eine Flasche Wein und Gläser, was Christians Vortrag unterbrach.

»Wer hat denn jetzt den Wein bestellt?«, rief Eva.

»Ich glaube, wir sollten nochmals auf den Abend und unsere Fahrt anstoßen«, sagte Alfred.

Zwischenzeitlich hatte sich die Zuhörerschaft unbemerkt vergrößert. Der junge Kellner, der den Wein und die Gläser an die Tischchen gebracht hatte, blieb hinter Christian stehen. Vielleicht hatte er in der Schule Deutschunterricht genossen. Der ältere *barista*, der hinter seiner Theke hervorgekommen war, wurde vermutlich durch den immer wieder genannten Namen „Falier" herbeigelockt und hörte aufmerksam Christians Ausführungen zu.

»Ich denke, hier kommt vieles zusammen: Die Respektlosigkeit der Jugend gegenüber dem Alter, die überbewertete venezianische Oligarchie, die alles kontrollierte und unterdrückte. Und natürlich der Machtwille des Greises, der sich nicht mit der ohnmächtigen Rolle der Staatsspitze abfinden wollte.«

Christian wollte den Schlusspunkt des Abends setzen.

»Vielleicht sollten wir uns Petrarca anschließen, der schrieb: „Stärker war sein Temperament als seine Einsicht, sein Herz vermochte nicht in höchster Würde Genüge finden, denn mit dem linken Fuß hatte er den Dogenpalast betreten."«

»Vielleicht wollte er eine Art Dynastie aufbauen?«, Eva setzte noch eine abschließende Idee hinzu.

»Nein, das denke ich nicht. Faliero hatte keinen Sohn, nur eine Tochter.«

Die enttäuschte Eva schwieg.

»Ich denke, wir sollten diese Geschichtsstunde beenden und nochmals auf unsere Fahrt trinken. Morgen geht es an die Heimreise. Prost!« Alfred hob sein Glas.

»Ja, ich hätte nicht gedacht, dass wir auf unserem Karnevals-Trip so viel Kultur und Geschichte von dieser Stadt mitbekommen«, sagte Uschi.

»Wir trinken auf Christian, dem wir die vielen Informationen zu verdanken haben«, bestätigte Dagmar voll Stolz auf ihren Mann.

Lange diskutierten Gudrun und Brigitte den Plan, den Brigitte mit Alfred besprochen hatten.

»Nun musst du deinem Thorsten klar machen, dass eine ganz private Party in einem Palazzo auf uns wartet. Du zeigst ihm einige Fotos, die wir auf dem Weg durch die Stadt gemacht haben. Die mit den attraktiven jungen

Mädchen. Die sich so deutlich frivol gezeigt hatten, als wären sie in unser Vorhaben eingeweiht.«

»Ich werde es ihm so schmackhaft wie möglich machen, auch wenn es mir schwerfällt«, meinte Gudrun abschließend.

Dort an der Anlegestelle der Gondoliere, Gudrun und Thorsten waren in ihren schwarzen Umhängen und Halbmasken erschienen, die das Gesicht nur unvollständig bedeckten, sprach Gudrun einen jungen Ruderer an, der etwas abseits der anderen auf Fahrgäste wartete. Anfangs winkte der Gondoliere für eine Fahrt ab, da ihm wohl die Fahrtstrecke zu kurz und wenig lukrativ erschien. Doch als Gudrun ihm einige größere Geldscheine zeigte, nickte er, um sein Einverständnis anzudeuten. Die Fahrt war wirklich nur kurz.

Thorsten und Gudrun verließen die Gondel, die Gudrun schon am Anfang der Fahrt, nach dem Gudrun dem Gondoliere die Lage des Palazzo am Rio della Frescada beschrieben und ihn vorab entlohnt hatte. Der stattliche Aufschlag auf den Fahrpreis hatte den Gondoliere letztlich überzeugt. Er bedankte sich überschwänglich.

Bald legte der Gondoliere vor dem Gebäude an, das im späten Nachmittagslicht lag und noch durch ein seitliches Licht über die Dächer auf der anderen Kanalseite Beleuchtung erhielt. Sie nahmen ihre Laternen, die sie vorsorglich mitgebracht hatten und betraten mit einem kleinen Sprung die Stufen, von denen zwei vom Wasser überspült wurden, am Eingang des Palazzos.

Thorsten schüttelte ungläubig den Kopf.

»Hier soll eine Fete stattfinden? Das hier ist doch eine Baustelle!«, sagte Thorsten missmutig.

»Wart's ab! Wir sind noch zu früh dran.«

Gudrun rief dem Gondoliere, der ebenfalls verwundert und ungläubig nochmals die Fahrgäste musterte und zwischen ihnen und der Fassade des Palazzos, die verfallen vor ihm aufragte hin- und hersah, noch zu:

»E un scherzo. Solo un scherzo. Una sorpresa. Grazie e Ciao.«

Sie winkte ihm noch lachend zu, bis er in einen anderen Kanal eingebogen war.

Der Zugang zum Palazzo war nach Überwinden der angelehnten Türe sehr einfach. Sie beleuchteten den unteren Raum reihum bis zur Treppe, die hinauf in den Saal führte.

»Alles ziemlich düster hier. Das ist doch eine Baustelle. Hier findet doch heute nichts statt. Wer hat dir denn davon erzählt«, meckerte Thorsten.

»Hier findet heute noch einiges statt«, unkte Gudrun.

»Geduld. Nur Geduld«, ergänzte sie.

»Du wartest jetzt hier, bis ich dich hinaufrufe«, bestimmte Gudrun in einem befehlshaften Ton.

Von oben, wo Thorsten den Festsaal des Palazzo vermutete, drang verzerrt und leise Musik herunter.

»Habt ihr ein Streichquartett organisiert?«

Sie eilte die breiten Stufen hoch. Oben wartete schon Brigitte, die durch den Gasseneingang in das Gebäude geschlüpft war.

»Endlich seid ihr da, ich warte schon eine Weile.«

»Wo kommt die Musik her?«, fragte Brigitte.

Gudrun deutete auf ein iPhone, das am Boden in einer Ecke lag. Sie hob es auf und schaltete es aus. Dann war es still. Gudrun zitterte und Schweißperlen traten ihr auf die Stirn.

»Ich glaube, ich kann das nicht«, versuchte sie dem geplanten Vorhaben zu entgehen.

»Jetzt nur nicht aufgeben. Dann mach ich das eben.«

Brigitte verschwand hinter der Türe des Nebenzimmers.

»Du kannst jetzt nachkommen«, rief Gudrun nach unten.

Thorsten folgte instinktiv den Worten, die er von oben her hörte. Er erschien in der Türe zum großen Saal. Hier war es nicht mehr so finster wie im Eingangsbereich. Der Schein durch die großen, hohen Fenster erhellte spärlich den Mosaikfußboden und die bemalten Wände.

»Hier ist heute wirklich nichts los«, wiederholte sich Thorsten.

»Romantisch und gruselig schön«, sagte eine Stimme aus dem Dunkel.

Es war nicht die Stimme von Gudrun.

»Gudrun, wo bist du?«, rief Thorsten in das Halbdunkel.

Er erhielt keine Antwort.

Aus dem Dunkel des Nebenraumes tauchte eine Gestalt auf. Erst wenige Schritte von ihr entfernt, bemerkte Thorsten das metallische Glänzen in ihren Händen, das sofort wieder verschwunden war, als sie ein Tuch aus Brokatstoff über die Hand legte. Nur die Spitze des Laufes ragte hervor.

Brigitte hob die Waffe. Thorsten hob erschrocken wie zu einer schützenden Abwehr die Hände von sich gestreckt.

»Ich hätte jetzt noch vieles zu sagen. Aber was soll's!«, kürzte Brigitte die Verzögerung ab.

Sie ergriff mit ihrer Linken den rechten Unterarm, um ihn abzustützen. Sie konnte das Zittern nicht ganz unterdrücken. Brigitte hielt den Arm gestreckt, wandte aber ihren Blick seitlich von ihrem Opfer ab. Ein Schuss löste sich und der Hall und sein Widerhall von den Wänden erfüllten nur schwach gedämpft den Raum.

Thorsten wurde zur Seite geworfen. Er sah noch wie Gudrun aus dem Nebenraum langsam auf ihn zuging. Sie löste die Waffe aus Brigittes Hand und legte sie neben ihrem Mann leise ab. Sie entnahm ihrer Manteltasche zwei kleine Tütchen und ließ sie neben dem am Boden Liegenden fallen. Er wollte noch etwas sagen, doch seine Stimme brach.

Gudrun zog eine kleine silbrige Waffe hervor, beugte sich über Thorsten und drückte ab. Einmal, zweimal.

Die beiden Frauen sahen sich wie durch ein getrübtes Glas an.

Brigitte errang als Erste ihre Fassung wieder.

»Was hast du da noch dazu gelegt?«

»Später«, sagte Gudrun nur kurz. »Jetzt raus. Wir haben hier nichts mehr zu tun und morgen beginnt ein neuer Tag,«

Draußen auf der Rückseite des Palazzo in der engen, leeren Gasse war wenig Licht. Die beiden Frauen gingen in betont ruhiger Weise zu ihren Hotels zurück.

Vor dem Hotel, in dem Gudrun abgestiegen war, besprachen sie sich nochmals.

»Ich packe jetzt alles zusammen und fahre mit dem *vaporetto* nach Punta Sabbioni, wo unser Auto steht. Komm einfach mit. Wir fahren dann gemeinsam nach Deutschland zurück. Ich fahre nicht gerne alleine.«

»Dann muss ich den anderen erst erklären, warum ich nicht mit ihnen mit dem Zug zurückfahre.

»Sag einfach, wir schauen noch bei einer Konfektionsfabrik bei Verona vorbei.«

»Gut, ich bin dann um neun Uhr bei dir im Hotel.«

»Pünktlich!«, betonte Gudrun sehr ernst.

»Klar, pünktlich!«, antwortete Brigitte und betrat das Hotel „Falier".

Am Mittwochmorgen, nicht dass sie verkatert aufgewacht wären, aber diejenigen, die im Hotel geblieben waren, gingen diesem Aschermittwoch langsam an. Das dürftige Frühstück im Hotel stellte keinen zufrieden. In einer nahe gelegenen Bar konnten sie den Morgen mit Cappuccino und einem gefüllten Blätterteig-Hörnchen die Stimmung heben. Den Weg zum Bahnhof waren sie jetzt schon mehrmals gegangen. Nur dieses Mal mit ihrem Gepäck.

Alfred eilte nervös zu einem Kiosk und studierte in Eile die Schlagzeilen der gängigen Blätter, darunter auch deutschsprachige. Zu seiner Enttäuschung, wie noch mehr zu seiner Beruhigung fand er nichts, was auf eine Gewalttat in den Gassen der Lagunenstadt hinwies.

Die Verabschiedung von den Männern, die zum Parkplatz auf der *Isola Nuova* mussten, viel sehr nüchtern und geprägt von Eile aus. Die Abfahrt des Zuges stand unmittelbar bevor. Die bevorstehende Zugfahrt der Frauen war genau so wenig stimmungsvoll, denn die Müdigkeit und das triste Wetter an diesem Morgen konnte keine bessere Stimmung aufkommen lassen. Die Frauen steckten sich gegenseitig mit dem Gähnen an und wischten sich immer wieder die verschlafenen Augen.

»Wenigstens können wir im Zug zwischendurch ein Nickerchen machen, das können die Autofahrer nicht!«, meinte Dagmar.

Der Morgen an diesem Aschermittwoch zeigte ein passendes Wetter mit dichtem Dunst und feuchter Kälte zu diesem Tag. Die beiden Frauen schleppten ihr Reisegepäck zur Anlegestelle am *fondamente nuovo*. Die Gepäckstücke machten einen schwereren Eindruck als bei der Anreise, vor allem da Gudrun noch die Tasche von Thorsten mitschleppen musste. Zwischen schweren Atemzügen kam ein Gespräch nur stockend zustande.

»Was hast du den anderen gesagt, warum Thorsten nicht mit dem Auto zurück fährt?«, fragte Brigitte.

»Er wollte noch etwas erleben, wie er sagte«, be-
schwichtigte Gudrun. »Ich habe ohne ihn im Hotel aus-
gecheckt. Es kam keine weitere Nachfrage und alles war
ok.«

»Wir hätten auch ein Wassertaxi nehmen können«,
meinte Brigitte an der Stazione der *fondamente nuovo*.

»Eigentlich ja. Aber das Boot soll in wenigen Minuten
kommen.«

»Il carnevale è finito! Carneval is over!«, sagte ein
Mann, der auf dem Weg zur Arbeit war. Er wollte gerne
ein Gespräch mit den beiden Frauen führen. Diese wür-
digten ihn jedoch keines Blickes und taten so, als ver-
stünden sie nicht was er sagte. Der Mann zog noch einmal an seinem Zigarettenstummel und schnippte ihn
dann ins graue Wasser, als er sah, dass sich der Vaporetto der Mole näherte.

Mit großer Nervosität traten sie an der *stazione* von
einem Fuß auf den anderen. Sie konnten das Anlegen
des *vaporetto* kaum erwarten. Sie waren die Ersten auf
dem Boot. Aber diese Eile brachte ihnen keinen Vorteil.
Das Boot legte pünktlich ab, als alle Fahrgäste an Bord
waren.

Beim Auto an der Via Fausta angekommen warfen sie
ihre Reisetaschen, Gudrun hatte zwei zu schleppen, in
den Kofferraum des Wagens. Wie gehetzt verließen sie
den Parkplatz bei Punta Sabbioni, um auf der SR 42
dann in S. Donà di Piave auf der E70 die Fahrt in Richtung Norden eiligst fortzusetzen.

Auf der Fahrt von Venedig auf der Autostrada waren
sich die beiden Frauen schnell einig, dass der Besuch
bei einer Konfektionsfirma für Damenbekleidung nur

vorgeschoben und ein Vorwand war, um alleine und schnellst möglich die Lagunenstadt verlassen zu können.

Auf der Höhe von Trient meinte Brigitte, dass jetzt eine Zeit für eine Pause, auch eine Toilettenpause, dringend geboten wäre.

»Aber nur ganz kurz! Ich habe noch einige Müsli-Riegel in der Tasche, das müsste reichen. Ich möchte keine lange Pause an einer Raststelle«, bestimmte Gudrun.

Sie verzehrten, das was Gudrun aus ihrer Tasche hervorholte, während ihrer Fahrt.

Die Strecke bis zur Grenze von Österreich legten sie wortlos zurück. Weit hinter dem Brenner, das Auto rollte der Heimatstadt entgegen, betrachtete Gudrun das Gesicht von Brigitte, die das Fahrzeug ruhig chauffierte.

»Was denkst du? Du bist so ruhig geworden.«

»Nichts Besonderes«, gab Brigitte zurück.

»Ich beobachte dich schon eine ganze Weile. Ich denke, du grübelst an einer Sache, die dir andauernd im Kopf umgeht«, meinte Gudrun.

»Ich lasse mir nur den gestrigen Tag durch den Kopf gehen. Was hast du beispielsweise auf den Boden geworfen. Was war in den Tütchen?«

»Da waren Tabletten, Drogen drin!«

»Was hatte Thorsten mit Drogen zu tun?«

»Er hat damit auch Geschäfte gemacht.«

»Meinst du, er hat damit gedcalt?«, fragte Brigitte.

»Gut. Wenn schon. Es ist vorbei! – Was geht dir noch im Kopf um?«

Brigitte antwortete nicht. Schweigen im Auto für Minuten.

»Mir ist nicht alles ganz klar«, sagte Brigitte plötzlich.

»Was ist dir nicht klar?«

»Ich bin mir nicht sicher!«

»Worin bist du dir nicht sicher?«, bohrte Gudrun nach.

»Ob wir alles richtig gemacht haben!«, sinnierte Brigitte.

Weitere Minuten vergingen.

»Mir sind Zweifel gekommen! Wer hat eigentlich den Kerl getötet? Es war eine komische Situation.«

Es war wieder einige Minuten Stille im Auto.

»Du!«, sagte Gudrun mit einem Mal scharf.

»Was heißt du?«, fragte Brigitte irritiert.

»Du hast ihn erschossen!«, kam knallhart die Antwort.

»Du hast doch auch geschossen«, entgegnete Brigitte.

»Aber nicht in echt.«

»Was heißt nicht in echt?«, fragt Brigitte entsetzt.

»Ja, das muss ich dir jetzt wohl gestehen. In meiner Waffe steckten nur Platzpatronen.«

»Was?«, rief Brigitte entgeistert.

»Dann habe ich ihn alleine getötet? Du spinnst wohl?«

»Ist leider so«, sagte Gudrun kühl.

Brigitte verfiel in eine Phase des Nachdenkens. Sie musste das Gesprochene erst verdauen. Die Fahrt näherte sich der österreichischen Grenze. Bei Brigitte drängten sich weitere Fragen auf.

»Kann es sein, dass du alles schon geplant hattest? Die Beteiligung an unserer Karnevals-Fahrt? Die Beteiligung von Alfred an der ganzen Aktion? Und das Töten im Palazzo?«

»Gleich nicht, aber die Möglichkeiten waren zu verlockend.«

»Und dass ich letztlich als alleinige Täterin dastehe?«

»Das hat sich so ergeben.«

»Und du hast wirklich nur Platzpatronen abgefeuert?«

»Mein Vater hat seit dem Ende des Krieges noch Waffen versteckt gehabt.«

»Was meinst du mit Waffen?«

»Schusswaffen! Er konnte die Waffen nicht entsorgen. Vielleicht hing er so sehr daran?«

»Da gab es also mehrere?«

»Ja. So ist es.«

»Und womit hast du geschossen?

»Glaubst du, ich habe nur eine Waffe mitgenommen, die mein Vater zur Seite geschafft hat?«

»Du meinst...?«

»Klar, ich habe noch eine!«, sagte Gudrun und öffnete ihre Handtasche und zog einen kleinen Revolver hervor.

Sie richtete das putzige Ding auf Brigitte.

»Du Miststück, du ausgekochtes«, presste sie hervor.«

»Lass die Ausdrücke, meine Liebe, das ist nicht dein Stil«, gab Gudrun sarkastisch zurück.

Mit plötzlichen Schweißausbrüchen, aber das Steuer des Autos fest umklammert, hielt sie ihre Spur auf der Straße.

»Und was jetzt?«, fragte Brigitte.

»Jetzt verlassen wir gleich die Autobahn?«

»Wozu? Wir wollen doch nach Hause!«

95

»Sag' ich dir schon noch. Jetzt kommt eine Ausfahrt.«

»Nach zweihundert Meter verlassen wir die Autobahnausfahrt.«

Brigitte steuerte das Auto in die Ausfahrt und folgte anschließend der Landstraße.

»Bieg' jetzt rechts in den Feldweg ein«, bestimmte Gudrun.

»Du kennst dich aber hier gut aus«, stellte Brigitte erstaunt fest.

»Wenn man hier schon des Öfteren gewandert ist, wie ich früher mit meinen Eltern, dann schon«, bemerkte Gudrun verschmitzt.

Noch folgte Brigitte wie in einer automatischen Starre den Anweisungen von Gudrun. Doch eine immer stärker werdende, unaufhaltsame Wut stieg in Brigitte hoch. Es war eine zweifache Wut, eine auf Gudrun, das falsche Miststück, da sie es fertigbrachte, sie wie eine Marionette zu führen und zu steuern, und vor allem auf sich selbst, die willig und blauäugig sich hat dirigieren lassen, ohne die Falle zu bemerken. Die Wut war größer als der Hass auf Thorsten, der schon fast verraucht war. Das Chaos in ihrem Kopf ließ sich nicht ordnen. Und Lösungsmöglichkeiten schwirrten ihr ansatzweise, von Bedenken und Risiken zerstört und wieder verworfen, hin und her.

Beim Blick aus dem Fenster kam ihr wieder das Schild in den Sinn, das sie eben beim Vorbeifahren wahrgenommen hatte. Der Namen des Flüsschens war Leizach, das sie kurz zuvor überquert hatten.

»Was jetzt? Was hast du vor? Du bedrohst mich mit einer Waffe mit Platzpatronen?«

Brigitte zeigte wieder ein gefasstes Verhalten.

»Die Platzpatronen habe ich längst ausgetauscht! Halt jetzt an und steig aus!«

Brigitte war überrascht und folgte der Anweisung. Sie standen auf einem Waldweg. In der Ferne, doch nicht allzu weit entfernt, hörte man das Rauschen eines Gewässers.

»Geh' voraus.«

»Und wenn ich nicht mehr weitergehe?«, war ihre provozierende Frage.

»Sei still und geh!«, sagte Gudrun und ließ sich nicht von ihrem Vorhaben abbringen.

»Was hast du vor?«, Brigitte war wieder verunsichert.

»Noch wenige Meter, dann kommt das Ufer. Ein steiler Abhang«, verriet Gudrun.

Brigitte folgte schweigend der Anweisung. Wilde Gedanken tobten durch ihr Gehirn.

Plötzlich ertönte ein spitzer Schrei. Brigitte drehte sich abrupt um. Gudrun lag hinter ihr ausgestreckt am Boden. Sie war mit ihrem Stöckelschuh an einer Baumwurzel hängengeblieben. Beim Sturz war ihr die Waffe entglitten und lag nur wenige Zentimeter von Brigittes Füßen entfernt. Bevor sich Gudrun erheben konnte, hatte sich Brigitte gebückt und die Pistole ergriffen, die sie nun auf Gudrun richtete, die sich ein blutendes Knie abwischte. Dann begriff sie erst, dass sich die Situation grundsätzlich ins Gegenteil gewendet hatte.

Brigitte bewegte zum Zeichen ihres neuen Besitzes die Waffe demonstrativ auf und ab. Die kleine silbrig glänzende Waffe lag geschmeidig in ihrer Hand.

»Wir gehen jetzt wieder zurück zum Auto«, sagte sie deutlich.

Gudrun, immer noch vom überraschenden Sturz irritiert, zögerte zuerst, aber als Brigitte mit der Waffe zum Gehen winkte, setzte sie sich langsam in Bewegung.

»Du fährst jetzt!«. Der Befehl erlaubte keine Widerrede.

»Los nach Hause! Wieder rauf auf die Autobahn!«, forderte Brigitte.

Die letzten vierzig Kilometer waren in einer äußerst angespannten Weise zu fahren. Beide Frauen schwiegen. Jede hatte ihre Gedanken zu verarbeiten.

»Du parkst in deiner Parkgarage, dort wo dein Auto immer steht.«

»Wie soll das jetzt weitergehen?«

»Wart's ab!«

Kaum hatte Gudrun das Auto eingeparkt und den Motor abgestellt, sagte Brigitte zu ihr: »Schau zu mir.«

Gudrun drehte sich in Richtung Beifahrersitz und starrte auf die Waffe vor ihrem Gesicht. Der Mund stand ihr vor Schreck offen.

Brigitte drückte ohne Verzögerung ab. Die Waffe hatte nicht die Power wie eine großkalibrige, aber die Wirkung war die gleich tödliche.

Brigitte legte die Waffe in Gudruns rechte Hand. Doch deren Hand sank kraftlos herunter und die Waffe polterte auf die Fußmatte.

Sie verließ das Auto und sah sich in der Parkgarage um. Sie war menschenleer. Sie holte sich ihre Reisetasche aus dem Kofferraum, hängte ihre Handtasche um und verschwand alle Vorsicht wahrend ungesehen aus dem Parkhaus.

Dem Kriminalhauptkommissar ging der Gedanke, dass zwischen den beiden aufgefundenen Toten in Venedig und der Münchener Parkgarage ein Zusammenhang bestehen müsse, nicht mehr aus dem Kopf. Nachdem er alle Angaben und die Akten aus Venedig gesichtet hatte, wollte er den Teilnehmern der Karnevalsreise nähere Verbindungen entlocken.

»Welche Verbindung bestand zwischen den einzelnen Personen. Es waren vier Frauen und vier Männer, welche die Gruppe bildeten. Sechs logierten im Hotel „Falier" und ein weiteres Paar war im Hotel „Il Sole" abgestiegen«, fasste er den Anfang zusammen.

»Warum getrennt«, murmelte der Polizeibeamte, aber das schien ihm im Moment weniger wichtig.

»Also drei Frauen fuhren mit dem Zug wieder nach Deutschland am Morgen des Aschermittwochs zurück. Vier Männer benützten gemeinsam ein Auto für die Rückfahrt am Mittwochmorgen. Es brachen dann zwei Frauen zusammen zur Rückfahrt auf? Warum die beiden, sie waren nicht miteinander gekommen? Im Auto in der Parkgarage wurde die Leiche von einer Münchner Geschäftsfrau gefunden. Erschossen! Wer hat geschossen?«

Nachdem er die teilnehmenden Personen ausfindig gemacht hatte, Namen, Adressen und ihre Verbindungen untereinander geklärt hatte, sagte er vor sich hin: »Es bleibt nur noch diese Brigitte! Und die werde ich heute noch aufsuchen! Da erhärtet sich ein Verdacht. Außerdem war es merkwürdig, dass der Schusskanal im Auto nicht von vorne nach hinten, sondern von der Seite Richtung Seitenfenster verlief.«

Leider war an der Adresse von Brigitte Bergmüller niemand anzutreffen. Bei Nachfragen in der Firma von Alfred gab es die Auskunft, der Chef sei auf einer Fachmesse im Rheinland. Frühestens am kommenden Montag sei er wieder im Büro.

Brigitte war froh, zwei Tage ohne Alfred, ohne Diskussionen, ohne laute verzweifelte Vorwürfe verbringen zu können.

Die beiden Nächte nach ihrer Rückkehr aus Venedig ließen keinen Schlaf zu. Brigitte saß in einem Sessel im Wohnzimmer, das Fernsehgerät lief, aber sie konnte sich keine Sekunde auf das Programm konzentrieren. Sie schaltete mehrfach von einem Programm zum anderen. Ihre Gedanken flogen unkontrolliert und unzusammenhängend durch die letzten Tage. Sie murmelte immer wieder vor sich hin:

»So ein Sauhund, der eine! So ein Miststück, die andere! Alle beide sind jetzt tot! Was habe ich damit zu tun? Alles! Ja, alles! Alles bleibt an mir hängen!«

Sie ging die Treppe hoch und öffnete die Türe zu Chiaras Zimmer. Fast wäre ihr das Anklopfen in den verwirrten Sinn gekommen. Dann zuckte sie zurück.

»Ich glaube langsam werde ich verrückt«, murmelte sie.

Sie setzte sich an Chiaras Schreibtisch und schlug ein Schulheft auf, in dem sie nur Kritzeleien vorfand.

»Auswege? Es gibt keine Auswege! Nur noch einen!«, dachte sie.

Sie nahm einen Kugelschreiber aus dem Stifthalter, überlegte und schrieb: »Lieber Alfred, ich weiß nicht mehr ein noch aus, ich werde .... Ich habe nur die Brücke an der Freyastraße im Sinn«.

Sie hielt inne. Dann riss sie das Blatt aus dem Heft, zerknüllte es und warf es in den Papierkorb unter den Tisch.

Sie begann erneut: »Lieber Alfred, ich sehe keine andere Möglichkeit ...«

Auch dieses Blatt entfernte sie aus dem Heft, zerriss es in zwei Teile und warf die Stücke in den Papierkorb. Noch einmal fasste sie Mut: »Lieber Alfred, verzeih mir!«

Sie ließ den Kugelschreiber kraftlos auf das geöffnete Heft fallen und verließ das Zimmer.

Als Alfred nach Hause kam und es leer vorfand, durchstreifte er das Haus, Zimmer für Zimmer. Es war ungewöhnlich dass er nicht von Brigitte erwartet wurde. Er wollte Chiaras Zimmer nicht betreten, aber es zog ihn wie magisch an. Auf dem Schreibtisch las er in dem offenen Schulheft die wenigen Worte. Er bückte sich und holte aus dem Papierkorb zwei Seiten, die ebenfalls aus dem Heft stammen mussten. Nervös und fahrig strich er das erste glatt und legte die beiden Teile des zweiten aneinander. Dann eilte er zum Telefon. Der Beamte, der den Anruf entgegennahm, wollte ihn mit flapsigen Argumenten abwimmeln. Doch als ihm Alfred in Stickpunkten die Zusammenhänge klarmachen konnte, wachte er erschrocken auf.

»Haben Sie irgendeine Notiz gefunden, die uns weiterhelfen kann?«, wollte er wissen.

»Ja, auf der stand so etwas wie „Freyastraße"!«

»Kein gewöhnlicher Name. Aber da gibt es eine, die ist in Gröbenzell! Das ist sieben Kilometer von Germering entfernt«, wusste der Beamte, der jetzt hellwach war.

»Gröbenzell, das kann hinkommen«, stimmte Alfred zu. »Da hat sie mal gewohnt«, ergänzte er.

»Gut, das ist schon eine Menge«, sagte der Beamte.

»Aber mehr weiß ich jetzt auch nicht«, betonte Alfred in großer Unruhe.

»Ja, dann ist jetzt Eile geboten. Ich verständige eine Streife«, sagte der Beamte.

Brigitte ging die schmale Treppe neben der Beton-wand, welche die Fahrbahnüberführung über dem Ei-senbahndoppelstrang trug, vorsichtig hinab. Der Licht-schein ihrer Lampe, die sie mitgenommen hatte, hatte zu Hause im Zimmer in Helligkeit und Reichweite ausge-reicht. Aber hier war die Treppe zwischen dem kniehо-hen Gebüsch kaum auszumachen. Unten neben dem Schienenstrang angekommen knipste sie ihre Lampe aus. Ein schwacher Lichtkegel, der von der darüber lie-genden Straße ein kurzes Stück neben der Unterführung beleuchtete, reichte ihr aus. Mittlerweile hatten sich ihre Augen an das Zwielicht gewöhnt. Sie betrat den Bereich der Durchfahrt, die der Zug passieren musste und drück-te sich flach mit dem Rücken an den rauen Beton. Die Dreiergruppe von Halbwüchsigen, die sich vorher unter der Straßenführung herumgetrieben hatte, verschwand, sich nach der älteren Frau umblickend, ein paar Pfiffe ausstoßend, auf den Weg oberhalb des Bahndammes.

Der Zug würde pünktlich sein, wie immer war er fahr-planmäßig pünktlich unterwegs. Von Ferne tauchte aus dem Dunkel ein Lichtpunkt auf, der sich stetig näherte.

Plötzlich hörte sie herannahende Fahrzeuge. Autos, die auf der Brücke über ihr hielten. Hundegebell. Ein Polizeibeamter beugte sich über das Geländer der Über-führung und leuchtete mit einem starken Handschein-werfer in den finsteren Bereich auf die Schienen hinab. Mehrere Scheinwerferkegel schwenkten über das Schienenpaar, und auch auf der anderen Seite flacker-ten Lichtkegel die Böschung entlang.

Die Lichter des Zuges näherten sich unaufhaltsam wie von einem Gummiband gezogen. Sie weiteten sich nun auseinander und bildeten jetzt deutlich ein Scheinwerferpaar. Brigitte atmete nun heftig ein. Drei Schritte bis zum Bahngleis. Es waren nur Bruchteile von Sekunden. Die Warnsignale des Zuges hörte sie nicht mehr. Das Quietschen der Bremsen und Schleifen des Metalls der Räder, das sich trotz der Notbremsung noch fünfzig Meter fortsetzte und die Stille der Nacht zerriss, durchdrang in einem weiten Umkreis die Bahnstrecke. Lichter flammten entlang des stillstehenden Zuges auf, Polizisten rannten in Richtung der Zugspitze.

Ein Beamter eilte mit einer jungen Polizeianwärterin nach vorne. Plötzlich stoppte der Polizist. Im Gras neben den Steinbrocken des Bahndamms entdeckte er eine Hand, bei genauerem Hinsehen war es ein Arm, an dem noch der dunkelblaue Pullover sichtbar war. In der Hand glitzerte etwas. Der Beamte bückte sich. Die Begleiterin wollte ihn warnen: »Nichts anfassen! Wir dürfen hier nichts anfassen.«
Der ältere Beamte knurrte nur: »Ach was.«
Er zog aus der Hand des abgetrennten Arms ein goldenes Kettchen. Erst jetzt konnte er das Amulett genauer sehen. Er hielt es hoch, damit ein wenig Licht darauf fiel und er den Namen lesen konnte: Chiara

Langsam leerte sich der Bereich vor der Grabstelle, die nicht allzu weit von der Aussegnungshalle entfernt lag, wo vor wenigen Minuten die Trauerfeier für Brigitte zu Ende gegangen war. Nach Beendigung des offiziellen christlichen Rituals am Grab zogen die erschienenen Gäste in einer langen Reihe an dem gähnenden Rechteck des Grabes, Weihwasser in die Tiefe sprengend und kleine Erdklumpen aus einer Schale abstechend, die beim Auftreffen auf dem Holz des Sarges einen dumpfen Ton erzeugten, an Alfred vorbei. Er stand regungslos wie eine Säule und blickte ins Leere. Einige schüttelten nur stumm seine Hand, andere murmelten einige Worte der Kondolenz oder gingen nur mit dem Kopf nickend an ihm vorbei.

Der Pfarrer, der Messner und die Friedhofsarbeiter hatten die Gruppe der Trauergäste schon verlassen. In kleinen Gruppen teilte sich die staatliche Zahl der Trauernden und entfernten sich fast lautlos miteinander sprechend gemessenen Schrittes von der Halde an aufgetürmten Blumen und Kränzen.

Dagmar und Uschi lösten sich langsam gemeinsam vom Grab.

»Wir kommen nach und treffen uns am Parkplatz«, bedeutete Dagmar ihrem Mann Christian, der noch der vorangegangenen Zeremonie nachsinnend stehengeblieben war. Da er nachdenklich alleine dastand, näherte sich ihm Eva, die sich bislang im Hintergrund aufgehalten hatte.

»Das war's wohl!«, wollte Eva ein Gespräch beginnen.

»Wenn du das so siehst!«. Christian war nicht an einem Gespräch interessiert.

»Ende und fertig«, sagte Eva ohne Mitgefühl.

»Wo hast du Felix gelassen?«, fragte Christian mit halblauter Stimme, der einem hohlen Geplauder ausweichen wollte.

»Der geht nicht gerne auf Beerdigungen. — Außerdem ...«

»Was meinst du?«

»Außerdem sind wir nicht mehr zusammen. Das Leben geht weiter.«

»Für dich schon. Nicht für alle«, sagte Christian und sein Gesicht verfinsterte sich immer mehr.

»Es gibt noch andere Männer«, erwiderte Eva, welche nicht verstanden hatte, worauf Christian hinweisen wollte.

Sie entfernten sich vom Grab und gingen schweigend noch einige Schritte.

»Sah' ganz schön alt aus, der Alfred. Ist schon schockierend, zwei Beerdigungen in einem Vierteljahr. Wer hätte an Silvester daran gedacht? Wer wird jetzt den Audi TT kaufen? Kann man den überhaupt noch verkaufen?«

Eva setzte ihre oberflächliche Plauderei fort.

»Halt jetzt einmal dein blödes Maul«, fuhr Christian seine Begleiterin an.

»Wie bist du denn drauf? Spinnst du, mit mir so zu reden«, empörte sich Eva.

»Lass mir meinen Frieden«, zischte Christian scharf. Christian ließ Eva einfach stehen und eilte mit großen Schritten auf das Tor des Friedhofs zu.

Draußen auf der Straße wandte er sich noch einmal kurz um und bemerkte, wie sich Eva in fast aufgeräumter Stimmung einer anderen Gruppe von schwatzenden Trauergästen angeschlossen hatte. Er erinnerte sich an den Spruch über dem Tor, den er beim Betreten flüchtig gelesen hatte: „Ich lebe und ihr sollt auch leben, Joh. 14,19".

»Schwachsinn«, murmelte Christian verbittert und desillusioniert vor sich hin. Er kickte einen faustgroßen Stein, der vor ihm in seinem Weg lag, mit dem Fuß heftig zur Seite in ein Gebüsch.